日本武者小路實篤著　魯迅譯

一個青年的夢

文學研究會叢書

影 小 者 著 原

與支那未知的友人

我的一個青年的夢被譯成貴國語，實在是我的光榮，我們很喜歡。我做這書的時候，還在貴國與美國不曾加入戰爭以前。現在戰爭幾乎完了，許多事情也與當時不同了。但我相信，在世上有戰爭的期限內，總當有人想起一個青年的夢，

在這本書裏，放着我的眞心。這個眞心倘能與貴國青年的眞心相接觸，那便是我的幸福了。使我來做這本書的見了，也必然說好罷。

我老實的說：我想現今世界中最難解的國，要算是支那了。別的獨立國都覺醒了，正在做「人類的」事業。國民性的謎也有一部分解決了。但是支那的這個謎，還一點沒有解決。日本也還沒有完全覺醒，比支那卻已幾分覺醒過來了；謎也將要解決了。支那的事情，或者因爲我不知道，也說不定；但我覺得這謎總還沒有解決。在國土廣大這一點上，俄國也不下於支那；可是俄國已經多少覺醒了，對於人類應該

做的事業，差不多可以說大部分已經做了。但支那是同日本一樣，還在自此以後；或比日本更在自此以後。我想這正是很有趣味的地方，也有點可怕，但也有點可喜。我想青年的人所最應該喜歡的時候，正是現在的時候。諸君的責任愈重，也便愈值得做事，這正是現在了。

在現今的獨立國的中間，支那要算是最古的國了。雖然受了外國的作踐，像埃及希臘印度那樣的事，不至於有罷。我覺得支那的少壯時期，正在漸漸的回復過來了。我想，如諸君蓬勃的精神發揚起來，這時候，便是支那的精神和文明「世界的」再生的時期了。人類對於這個時期，懷着極大的期待。想諸君決不會反背這期待罷。

「落後的往前，在前的落後了。」第一落後的俄國，現在將第一的在前了。更落後的支那，到了覺醒的時候，怕更要在前了罷。但我絕對的希望這往前的方法，要用那人類見了說好的方法纔是。

倘是再生了，變成將喜代了恐怖，將愛代了憎惡，將眞理代了私慾，擎到世間方來的最進步的國，我們將怎樣的感謝呵。我們也爲了這事想盡點力，想做點事。

我希望，因了我做的書譯成支那語的機會，

就是少數的人也好，能夠將我的眞心和他的眞心相觸。我希望，我的恐怖便是他的恐怖，我的喜悅便是他的喜悅，我的希望便是他的希望，將來能爲同一目的而盡力的朋友。

我的敲門的聲音，或者很微弱；但在等着什麼人的來訪的寂寞的心裏，特別覺得響亮，也未可知的。

我正訪求着正直的人；有眞心的人；忍耐力很強，意志很強，同情很深，肯爲人類做事的人。在支那必要有這樣的人存在。這人必然會覺醒過來。

這人就是人類等着的人，或是能爲他做事的人罷。恐怕這人不但是一個人，或者還是幾萬個人合成一個的人罷。不將手去染血，卻流額上的汗；不借金錢的力，卻委身於眞理的人！

我從心裏愛這樣的人，尊敬這樣的人。

在支那必然有這樣的人存在，正同有很好的人存在一樣。我敲門的微小的聲音呵，要幫助這人的覺醒，望你有點效用。

我希望這事。

一九一九年十二月九日，武者小路實篤。

自序

我要用這著作說些什麼，大約看了就明白。我是同情於爭戰的犧牲者，愛平和的少數中的一個人——不，是多數中的一個人。我極願意這著作能多有一個愛讀者，就因爲藉此可以知道人類裏面有愛和平的心的緣故。提起好戰的國民，世間的人大抵總立刻想到日本人。但便是日本人，也決不偏好戰爭；這固然不能說沒有例外，然而總愛平和，至少也不能說比別國人更好戰。我的著作，也決非不像日本人的著作；這著作的思想是日本的誰也不會反對，而且並不以爲危險的：這事在外國人，覺得似乎有些無從想像。

日本對於這回的戰爭，大概並非神經質；我又正被一般人不理會，輕蔑着：所以這著作沒有得到反對的反響，也許是當然的事。但便是在日本，對於這著作中表出的問題，雖有些程度之差，——大約也有近於零的人，——卻是誰都憂慮着的問題。我想將這憂慮，教他們更加感得。

國與國的關係，倘照這樣下去，實在可怕。這大約是誰也覺得的。單是覺得，沒有法子，不能怎麼辦，所以默着罷了。我也知道說了也無用，但不說尤爲遺憾。我若不作爲藝術家而將他說出，實在免不了肚脹。我算是出出氣，寫了這著作。這著作開演不開演，並非我的第一問題。我要竭力的說眞話，並不想誇張戰爭的恐怖；只要竭力的統觀那全體，想用了誰都不能反對的方法，誰也能夠同感的方法，寫出這恐怖來。我自己明知道深的不足，力的不足，但不能怕了這些事便默着。我不願如此膽怯，竟至於怕說自己要說的眞話。只要做了能做的事，便滿足了。

我自己不很知道這著作的價值；但別人的非難是能夠答覆，或守沈默的：我想不久總會明白。我的精神，我的眞誠，是從裏面出來，決不是塗上去的。並且這眞誠，大約在人心中，能夠意外的得到知己。

我以爲法人愛法國，英人愛英國，俄人愛俄國，德人愛德國，是自然的事：對於這一件，決不願有所責難。不過也如愛自己也須同時原諒別人的心情，是個人的任務一般，生怕國家的太強的利己家罷了。

但這事讓本文裏說。

這個劇本，從全體看來，還不能十分統一。倘使略加整頓，很可以從這劇本分出四五篇的一幕劇來；也可以分出了一幕劇，在劇場開演。全體的統一，不是發展的，自己也覺得不滿足，而且抱愧。但大約短中也有一些長處，也未必全無統一；從全體看來，各部分也還有生氣：但這些事都聽憑有心人去罷。總之倘能將國與國的關係照現在這樣下去不是正當的事，因這劇本，使人更加感得，我便歡喜了。

我做這劇本，決不是想做問題劇。只因倘使不做觸着這事實的東西，總覺得有些過意不去，所以便做了這樣的東西。

我想我的精神能够達到讀者纔好。

我不是專做這類著作；但這類著作，一面也想漸漸做去。對於人類的運命的憂慮，並非僭越的憂慮，實在是人人應該抱着的憂慮。我希望從這憂慮上，生出新的這世界的秩序來。太不理會這憂慮，便反要收到可怕的結果。我希望：平和的理性的自然的生出這新秩序。血腥的事，我想能够避去多少，總是避去多少的好。這也不是單因爲我膽怯，實在因爲願做平和的人民。

現在的社會的事情，似乎總不像走着能够

得到平和的解決的路。我自己比別人加倍的恐怖着。

一九一六年十二月二十三日，

武者小路實篤。

一個青年的夢

序幕

（夜間的寺院模樣的一間房屋，青年向着大棹子，在洋燈下讀書。不知從什麼地方進來了一個不認識的男子。）

青年　你是誰？

不識者　就是你願意會見却又不願意會見的。

青年　來做什麼？

不識者　來看你的實力的。因爲你叫了我。

青年　我還沒有會見你的力量。

不識者　孱頭！能怎樣正視我，便正視着試試罷。

青年　我還沒有動你的覆面的力量。

不識者　你看着我就是了。我的覆面，連我自己也取不下，——是不許取下的。單是誰有力量，便感着我的正體。

青年　在我還沒有力。

不識者　向各處說，說一到緊要關頭的時候，決不會腰歉的是誰呢？

青年　緊要關頭的時候還沒有到。

不識者　眞沒有到麼？站在這個我的面前，還說緊要關頭的時候沒有到麼？

青年　我的確站在你的面前。但在這時候，我全不知道了。不知道怎麼纔好了。

不識者　你眞是扶不起的人呵！我當初很有點希望你，莫非我竟錯了麼？我除了再等候能夠解我的謎的眞天才出來之外，沒有法子；除了再等候對於人類的運命，有眞能感到的力量的人之外，沒有法子。

青年　請你寬恕，我將你叫了出來，還是說這樣不長進的話。我見了你，纔分明知道自己無力。但不見你時，却又想會見你。總覺得無論如何，想要解你的謎。人類的運命，任他像現在這般走去，是可怕的。我不知道怎麼辦纔好。

不識者　不知道也好罷。你不愁沒有飯吃；除了做夢，也沒有遇着過死。無論什麼時候，總是同合式的朋友看些愛看的東西，講些愛講的話。一碰到什麼爲難的事，說些沒有力量未到時候的話就完了。你好福氣。已經到了二十多歲，眞還會悠然的活着呵。也沒有見你用功；你所想的事，也沒有出過或一範圍以外。除了能夠辯正你現在的生活的東西之外，總沒有見你跨出一步。

青年　你說的話，都是眞的。

不識者　可怕的事，立刻停止了纔好呵。

青年　是呀。

不識者　你所怕的事，現在定要起來。沒有知道已經起來了麽？你該已經知道了塞爾維亞的事罷。單覺得對岸的火災不過是對岸火災的人，便解不了我的謎。你不知道這世上可怕的事正多麽？能使可怕的事起來的可能性有多少你也不知道麽？你是將那可怕的事裝作沒有看見的人麽？倘若這樣，你便是撒謊的專說大話的人。被人這般說，你居然還不開口呵。

青年　請你略等一等罷。

不識者　你有明年，還有後年。你是定會活到四十歲，至少也能到三十六的人麽？你嘴裏說些人類的愛這等事，也曾感到眞的愛麽？

青年　仿彿感到的。（被不識者瞪視着，便改了語調。）還有人類的運命的事，也仿彿感到。怎麽辦纔好的事，也仿彿感到。

不識者　昏人！你拏了仿彿感到這件事，在那里自慢着麽？要緊的不是從此以後麽！你是個不要臉的。

青年　無論被你怎麽說，我總沒有改變說話

的力量。我很怕。生成是膽怯的。想到大事便要畏葸。我的翅膀，被禁着的時候，總沒有力。

不識者　你不想你的翅膀強大起來麼？

青年　想的。可是怕。

不識者　乏人，一個不協我的心的東西。你是。

青年　……

不識者　但你却還沒有裝作沒有見我的模樣。我到這國裏來，誰都不想用了自己的眼睛看我，所以很無聊。你大約也是不中用的。但縱使你的國是昏國，小聰明國，拿俏皮話當作眞理說的人們集成的一個團塊，也該有一兩個勝於你的，眞心的，爲了人類的運命不怕十字架的人罷。然而現在姑且將你鍛鍊一番試試看。跟了來。

青年　那里去呢？

不識者　單是跟了來。看那些我給你看的東西。

青年　……

不識者　孱頭。還不跟了來麼？

青年　我去我去。

（不識者先行，青年惴惴的跟去。）

——一九一六。——

第一幕

（野外。）

青年　這里有什麼事？

不識者　有平和大會呢。

青年　開了平和大會做甚麼。

不識者　看着就是。

青年　莫非開些什麼平和大會，眞有用處麼？

不識者　你想怎樣？

青年　因爲從心底裏愛這平和的還不很多，所以這些事大抵總不過是從政治上的意味做的。因爲心裏以爲厭惡戰爭便不得了，嘴裏却唱道着平和主義。因爲若不是一面擴張軍備，一面說些平和論，現在不能算時道。因爲這倒也並不是全無道理。因爲稍不小心，便被敵人攻擊了；還要被人虐殺，做了屬國，破壞了本國的文明，很束縛了思想的自由，硬造成懵懂的人民：這都是些難受的事啊。

不識者　這樣說，你喜歡戰爭麼？

青年　不是不是，不是這麼一回事。我是最厭惡戰爭的；是想到戰爭，便有些傷心的人。但做了屬國也可是難堪的呵。

不識者　這世界上爲什麼有戰爭呢？

青年　想來就因爲有許多國家的緣故。

不識者　這樣說，沒有國，便沒有戰爭了。

青年　差不多，就是如此。

不識者　這樣說來，你不想去掉戰爭麼？

青年　雖然有點想，但人類還沒有進步到這地方。

不識者　不想努力，教他進到這地方麼？

青年　因爲還沒有力量。

不識者　而且時候也沒有到麼？

青年　是的。

不識者　你的照例的兵器又來了。簡直是將手脚都縮到介殼裏面的龜子之流哩。

青年　被你這樣說，也實在答付不得。

不識者　不覺得羞麼？

青年　覺得的。

不識者　既然這樣，怎麼不再進一步想呢？

青年　就因爲怕。

不識者　再進一步罷。

青年　叫我主張「人類的國家」麼？

不識者　抛了國家。

青年　我還沒有這樣力量。

不識者　看罷。

青年　都來了，就要開會麼？（吃驚，）這是怎的？竟全是怪物呵。

不識者　是一件事的殉難者。

青年　都是死了的人麼？

不識者　是的。

青年　這是那里？

不識者　管他是那里，只要你有能看眞事情的力量便好。

青年　我看不下去。唉唉，血腥的很。都沒有作聲。都在那里想。女人也來了。還有孩子，還有嬰兒，還有老人。這是怎的？

不識者　都是被殺了的。

青年　連這樣可愛的孩子麼？

不識者　是的。

青年　連那麼美的女人麼？在旁邊哭着的，就是那女人的母親麼？傷痕可是看不見呵。

不識者　衣服破着罷。那便是中了手槍的彈子的地方。

青年　各國的人都聚在這里呢。

不識者　並沒有沒有戰爭的國度了。

青年　他們先前都是敵國的人麼？

不識者　是的。

青年　可是現在都很要好。

不識者　個人大家是要好的。

青年　在死了以後麼？

不識者　不然，活着的時候也如此。便是正在戰爭的時候也如此。

青年　正在戰爭的時候都如此麼？

不識者　是的，倘在惡魔還沒有將這人的心，運到異常的狀態去的時候。

青年　照你這樣說，我却也聽到休戰時候，談判時候，兩軍掩埋死屍時候的話，說是互送烟捲的火，很要好的說笑。那時候，還該感到特別的愛罷。

不識者　是的。

青年　這有點用處麼？

不識者　你自己想。

青年　……

不識者　怎麼不開口了？苦麼？

青年　似乎有點頭眩了。看了這情形，大約誰也會變非戰論者罷。很想拖兩三個主戰論者到這里，叫他們演說一回。他們不知道這事實。異樣的沈默，浸進臟腑去了，似乎要發狂。要叫些什麼了。看這模樣實在受不得。想到那樣青年有望的人，那樣天使似的孩子，那樣善良的老人，那樣年青的女人，都嘗了死的恐怖，並且就從人們的手用了無可挽救的方法殺了的事，實在受不得。怎麼辦纔好呢？這許多人們，都是被人殺了的麼？

不識者　是的。

青年　詛咒這戰爭

不識者　你不想除掉戰爭麼？

青年　一看這樣子，無論怎麼樣人，總該要反對戰爭罷。至少也總該覺得戰爭這事，是怎樣可怕的事罷。（少停。）唉唉，胸口不舒服了。似乎要發腦貧血了。

不識者　孱頭！靜靜的耐心看着。使這眞事情一生不會忘却的好好看着。

青年　誰還會忘記呢。

不識者　儘你的力量看着。老老實實的，不含胡的看着。

青年　……

不識者　頭痛麼？

青年　痛起來了。遇着了可怕的事實的人們，漸漸到了。沒有窮盡。我覺得單是自己悠悠然的生活着，實在有些對不起人了。

不識者　好好的看。活着的人都不想看這事實。還是你儘量的看着罷。連看的力量都沒有了麼？平和大會，可就開了。

（鬼到一走上演壇。）

鬼魂一　承諸君光降。我們今天，得了招待一位活人到這里的光榮。我們想從這位活着的人，將我們的心的幾分，傳布開去，爲我們的子孫，早早成就平和的世界；所以今天開了臨時會，特請反對戰爭的諸君光降的。凡是活着的人，總是單知道活人的話。便是對於戰爭這事，活着的人也只知道沒有戰死的人的話。沒有戰死的諸位，因爲沒有戰死的幸福，忘却了眞的戰爭的悲慘這一面，便常有照此說去的傾向。這是我們常常引爲遺憾的。我們本來，並沒有想要活着的人吃些苦的意思；而且這是我們的主人，就是人類，所不許我們的。我們單想要將我們所受的苦，不但是苦，苦以上的死之恐怖，死之恐怖以上的生之詛咒的萬分之一，傳給活着的諸君，因此教人類的運命得着幸福，我們所愛的子孫得着幸福，——單因爲這一點意志，開了這會。我們的主，就是人類，很以爲然。諸位也都領會這主意，誰有想傳給活着的人的事，便請說罷。有要說的人，請起立。

（鬼魂五六人起立。）

鬼魂一　（指定一人）就從你起。

（鬼魂二，走上演壇。）

青年　彷彿很面善。呵，是了。在法國的插畫雜誌上見過的那人是在荒野裏，縛在柱子上死的。一定是這人。

（鬼魂二站在壇上，臉上有四個彈痕，衣服也很破爛。）

鬼魂二　諸君裏面，也許有知道的。我就是德國的軍事偵探，受了潛入法國的命令的人。我在那時，很以爲名譽；而且想到自己的本領，覺得了信用，也很喜歡。很有好好的完了任務給人看的自信。我於是改變裝束，混進了法蘭西。

（鬼魂一有所通知，鬼魂二點頭。）

鬼魂二　要演說的人還很多，而且時間又有

限制，所以我的經歷，只好省略一點了。總之我是德探，進了法國，而且苦心慘淡，爲德國出力。我並不憎惡法國人。因爲自己懷着鬼胎，對於法國人的那種好待遇，反覺得感激激到骨髓。我愛德國人，但也尊敬法國人。到現在，我自然是無論那一國的國民都愛，那一國的文明都尊敬了。但活着的時候，實在是很愛和自己交際最密的法國人。因爲法國人相信我，有時也發生嘲笑的意思，然而愛是愛的。見了法國的美的女人，也感到愛。請不要見氣。但我並沒有忘了自己的任務。因爲愛祖國麽？也不，就因爲是自己的事情。

至於自己的事情是怎樣的事情這一節，却沒有想。單覺得確鑿是一件不可不做的事情罷了。我想，我是德國人，應該愛德國。我所做的事，是德國最要緊的事。也常常想，倘若我的事情做壞了，德國怕會滅亡，同胞也不知要受怎樣的苦。這些思想在我已經很够了，不必再想別的了。我因此不失名譽不入歧塗的生活着的。我想想自己是一個體面的德國人，是一件高興的事。自覺到爲祖國出力，是一件高興事。因爲做了別人做不到的事，得了稱讚，也從心底裏喜歡。其時戰爭開手了，我越加爲德國活動。但到底被人看破，將我捉去了。我爲德國，忍受着法人的憎惡和虐待。這時候，我倒還沒有空活一世的心思。自己以爲勇士。衆人憎惡我，同時也稱讚我。我被人領到荒野，縛在一根柱子上。各人的槍口都正對着我，專等士官的一聲「放」的命令。這時候，我纔從心底裏感到「自己的一生是毫無意思，做了無可挽救的事了。」這實在是說不出的寒心和可怕。「爲什麼做人做到這地步？戰爭該詛咒。」我這感想，嘴裏是不能說，無從傳給活着的諸公。但心底裏，却以爲「做了無可挽救的事了！」這時已經下了「放」的命令。我在外觀上，可是勇士似的死了。這自然是誰也不見得記念我；倘有人爲我下淚，那可未必是德國人，怕還是我的情婦的法國人罷。諸君，不，活着的先生。我從眞心說，假使我現在還活着，大約還以爲給德國做事是自己的職務。假使戰爭完結以後，我還沒有戰死，大約便未必想到戰爭的可怕，正忙着講我自己的功勞呢。而且隨便到那里，都受優待，只是得意，也未必能想到別的事了。然而從死的看來，戰爭是確乎應該詛咒的。不願我們的子孫再嘗這味道這一件事，實在是我們全體的心。死在人們的手裏，無論如何，總是不合理的。我活着的時候，並非平和論者，而且是從心底裏輕蔑平和論者的人；然而現在，對於無論如何沒有力量沒有結果的平和論者，我可都贊成了。這樣下去，是可怕的。沒有戰死的人還可以，死的人可難受了。就是我們的子孫裏的一個人，我們也不願教他再這樣想，我極想會見一位活人，並且請他盡些力，不教戰爭再來支配這世界。今天竟達了希望，我很喜歡。我所說的，從活人聽來，也許是很無聊的話。因爲要說話的還很多，雖然可惜，就此終結了。願身體康健。聽說你是日本人，我是沒有輕蔑日本人的；就請你將我的意志傳到日本去。

（青年很興奮的想着。）

鬼魂一　這回是你。

（鬼魂三起立，沒有兩手，登壇。）

鬼魂三　我簡單說罷。我的身受的苦痛，實在說之不盡。我是一個平和的人民。我不是勇敢的人，但也不是膽怯的人。我不是主戰論者，也不是非戰論者；不是國家主義者，也不是非國家主義者。我是畫家。雖然不是世界知名的畫家，朋友却都以爲有望的。我是比利時人。戰爭的開初，我全不理會。因爲我的意思，以爲我是畫家，畫着畫就是了；平和的人民，是未必會被殺戮的。我住在街裏，德國兵入街的時候，也不很介意。看那德國兵入街的情形，雖然稍稍覺得奇怪，但倒是不很介意的看着的。然而有一天的晚上，四五個德國兵到我家裏，硬要拉我的妻子去了。我很憤怒，叱責他們。他們都笑着。並且說要是不聽話，沒有好處。於是仍然要拖我的妻子去。我憤不過，直撲向一個兵。這時手裏拿著一把小刀，定神看時，一個兵叫了一聲倒了。一個說道，「殺麽？」這一瞬間我早被砍掉了右手，其次便是左手。從苦痛和恐怖間，發出一聲「討厭，砍了罷」的喊，我便被殺死了。我的妻子此後怎麼樣，却是不知道。大約還是含垢忍辱的活着罷。我究竟是何爲而生的人呢。難道我遇到這宗事，是應該的麼？我想還有戰爭的時候，便總有遇到這宗事的人，是一定的事。我實在不能不詛咒人生。不能不以爲人的生命只是無意味的東西，不安定的東西。活着的先生，你怎麼想？要是你也遇到了這宗事，便怎麼樣？你的意思或者正以爲因此戰爭萬不可打敗仗，也未可知呵。從古到今，像我的人不知有幾千萬了，我爲這些人哭。又想到此後遇着這類事情的人沒有窮盡，又替活人可憐。什麼人道呵，平和呵，愛呵，四海同胞呵，這些事全比空想家的空想尤其空想。人是禀了被殺的可能性活着的，也有被弄殺的可能性的。倘沒有弄殺也不妨事的覺悟，人生是總不能安心的。你有這等決心麼？你也同我一樣，單以爲別人或者遇着，却未必輪到自己身上，便滿足麼？遇着這些事的人實在不幸，可憐，悲慘，很表同情，很苦了罷，你只是這麼想就完了？沒有遇着這些事以前，大約誰也這樣想。可是遇着了試試罷。（異樣的笑）很是難堪的事呢。不知道怎麼辦纔好了。遇着這些事的人，除了聽其自然，便沒有法子麼？怎麼辦纔好呢？戰爭爲些什麼？犧牲者爲些什麼？被伴侶殺掉的，該怎麼辦纔好呢？一國的戰爭是什麼意思？戰勝了又有什麼好處？又是誰的好處呢？不全是空而又空的事麼？爲了這事，便幾百萬人非死不可麼？先生，你見了聚在這里的人們，究竟怎麼想？還能漠不關心，還能悠然自得麼？這許多人的苦痛，苦悶，恐怖，單是毫無意思的消去麼？我們的死，和子孫的幸福絕不相干，却來做增加恐怖的脚色麼？單爲了擴張軍備，增加各國的不和，各國的恐怖，各國的租稅，所以流掉我們的血的麼？怎樣辦纔好呢？活着的人，到現在還是悠然的活的麼？這樣下去，會到怎樣，誰也沒有想麼？便是想了也沒法麼？想了也沒法，所以不想的麼？不想法子，是不行的。趕快的造起沒有戰爭的國罷。趕快造起人模樣的國罷。快造不要國家競爭的國。快造不教別國人恐怖，也不受別人的恐怖的國罷。倘不然，可怕的事要來了。倘使我還了魂看現在這樣生活法，一定要害怕。將來也許有點方法，但照現在這樣下去，可是要走進無可挽救的地步的呵。遇着了我這樣的事，可是不得了呵。我說的話，也許覺得毫無意思；但到了那時候，「爲國家」這事，也會更無意思，要感到更上一層的事實的呵。人類呵，人類呵，再爲個人的運命想想罷。照現在這樣，個人的運命太不安了。拔劍而起者死於劍這句話，其實是眞的。不趁現在想點方法，要無可挽救了。怕罷，怕罷。日本的運命，以後有點可怕呢。我對於活人是有同情的，總願意活人幸福。請在活着的諸君面前道候，願他們幸福。不要像我們這樣，將恐怖和苦痛和血都空費了。在活着的諸位面前請代問候罷。（從演壇下，）

鬼魂一　這回是你。

（鬼魂四登壇，畫了十字。）

鬼魂四　我並非死在這次戰爭裏的；是十多年前，被某國的人殺了的。我是一個大學的學生，當了俄羅斯的軍人的。幸福的神明正微笑給我家看的時候，我的愛人正將好意給我看的時候，戰爭便將我運到離開本國幾千里的地方去了。離別的時候，我們都哭了。但看不起對手的我們，却只做着凱旋時的夢，並且單空想着再見時的喜歡。誰知道敵人是意外的利害。有一天的事，我正在一個村莊的人家裏面。我軍已經退却，是絲毫沒有知道的。我們正在說笑。我因爲從愛人送到了一張照相，被人笑了。但我却高高興興的聽着。這時忽聽到脚步聲。我們心裏想，這是誰呀？便向那邊看去。誰料進來的人，並非俄國的士官，却是某國的。這時候，我們都明白了。來人雖然只一個，但我們的地位，已經瞭然了。我們有十多個，來人也吃了一驚，站在門口。我們便昏昏沈沈的跪在這人的面前。何以跪了呢？自己也不知道。總之是意外的事，是沒有覺悟的時候，所以我們身不由己的跪下了。死之恐怖和生之執着，教我們身不由己了。敵人的士官的臉上，這時顯出了喜和愛了。這人本以爲要死在我們手裏的，剛吃驚的立着時，我們都已跪下，所以這人的高興，也實在是應該的事了。某國人！恕我老實說。我們那時從心底裏，覺到某國人也是人。這人也親親熱熱的用手摩我們的頭。我們以爲這人很可靠，有了命了，從胸口裏湧出喜歡。我們便伏伏帖帖的做了俘虜，這樣便活了命，實在安心了。但我們又從這人交到別的士官的手裏。那時這人很高興似的對別的士官說些話。到臨了，我們竟鎗斃了。那里會有這等事呢！心裏要發狂似的想，可是我們竟被鎗斃了。這怨恨至今絲毫沒有消。我想這士官竟是欺騙我們罷了。

（這時候一個鬼魂起立。）

一個鬼魂　這是你錯想的。

鬼魂四　何以呢？

一個鬼魂　那時候麼你們的頭的士官就是我。

鬼魂四　唉唉，是你麼？怎的也在這里？

一個鬼魂　那一回的戰爭，我並沒有死。在這回的戰爭裏，可是死了。我常常記起你們的事，自從有了這事以後，在我活着的時候。而且覺得做了無可挽救的事，記起來便心底裏都難受。我當初實在以爲你們已經有了命的。但在戰爭，暫時竟把你們的事都忘了。有一回，忽然記起，心裏想，怎樣了呢？更去會

那寄頓着你們的士官，——這人現在也在這里，而且還在後悔着，——向他問你們的事。我正等候他的好消息。誰料那回答，却說是「護送這一點人，很麻煩，便都結果了。」我聽了這話，忍不住生氣。我心裏想，這眞是做了無可挽救的事，口裏也說道，「你眞替我做了糟透的事了，」他說，「那幾回不是因爲沒有法麼？要是人數多，許可以想點法。」我以爲朋友的話，固然也有理的。但自以爲救了你們的我，可是很覺得對不起人，覺得傷了男子的體面。便悄然的合了口。朋友說，「這樣的願意救他們麼？早知道這樣，該想

點法就好了。」我也不知道怎麼說纔是過了許久，想到這事，總覺得做了無可挽救的事，請原諒我罷。

鬼魂四　好好，原諒你了。這也是並非無理的事。

鬼魂一　兩人握手就是。

（一個鬼魂走近演壇，握手。能拍手的都拍手。另外一個鬼魂見這情形，即起立。）

另一鬼魂　我實在做了太對不起人的事了。我憑一點簡單的理由，便絕了你們的生命，如今實在後悔。倘若我能够略略推想你們的愛人和你們的父母的心，想來便未必會行若無事的殺掉你們了。倘若你們那時的死之恐怖和生之執着，我能略略感到一點，也許會專從救活你們這一邊做了。但那時候，這話雖然很像辯解，其實是我本來也很想救助你們，卻因爲有誰反對，說活了這幾個人也不中用，所以你們竟至於死的。然而我，並不竭力救助你們，反以善人模樣爲羞，卻進了「很麻煩結果了罷」這一黨，這實在是從心裏羞恥不盡的。我在那時候，還沒有眞知道死是怎麼一回事。我竟是一個不管別人運命的人。我眞做了對不起人的事了。

今天會見了你，覺得像這樣一位人，何以竟行若無事的將他殺了呢，連自己都要問。那時候，見了你那樣怕死的情形，却暗暗地以爲拋臉的。我實在連請你原諒的資格都沒有。只是我現在眞心後悔，願你明白就好。我實在做了無可挽救的事了。

鬼魂四　你講的話，我都很明白。你做的事，我也並不見怪了。假使我在你這一面，也許變成你一樣的態度的。我們若在平和時候見面，怕早成了朋友了罷。我倒並不以你爲特別殘酷的人，覺得還是善良一面的人。我已經不恨你了。至於那時候，卻很以爲野蠻無理的人。心裏想，活了我不好麼？那時我的心，實在是發狂了。心裏想，難道竟非殺不可麼？這過分的事的怨恨是要報的。現在可是不這麼想了，倒反以爲也是無怪的。只要你肯，我卻很願意同你握一握手。

另一鬼魂　阿阿，肯寬恕麼？肯同我握手麼？

鬼魂四　是的，很願意做兄弟呢。

（另一鬼魂進前握手，能拍手的都拍手。）

鬼魂四　我們實在是這樣的能從心底裏做朋友的人。倘使活的時候，能嘗到這樣的感，不曉得多少喜歡呢。我如果對着愛人和父母說了，他們一定滿眼含着淚，從心裏感謝你們呢。我很想不使他們傷心卻使他們喜歡呵。

另一鬼魂　我實在慚愧。

鬼魂四　那里的話。我說這話，並非想責難你。我是喜歡着。但現在是一位活着的人在這里。我就想將人們應該「儘能活的活着」這事通知他，並且想他將這意思傳給活着的人們。我們是朋友。倘在貴國的風習上沒有礙，我願意抱了接吻；但因為尊敬貴國的風習。所以不敢隨便做。但我的心是抱着你們的心的。我們活的時候，不識不知的悠然的過去了。人間最高的喜悅，竟全無所知的過去了。（對一個鬼魂說）你來摩頭的時候，纔觸着了片鱗，眞是連愛人也沒有通知過我的一種喜悅。——這並非取笑的話。因為已經得了活命，這喜悅固然便就去了。但時時想到這喜悅的片鱗，卻總有一種感的活着的時候，都應該眞知道眞的人們的喜悅是在那里的，請儘力的傳給人們罷。許多人們，連最要緊的東西都沒有知道的活着。正嘗着最深的喜悅的時候，卻做那無可挽救的傻事。正可以留下最深的感謝之念的時候，卻演出了留下最深的憎惡的行動。這實在是只差一張紙的，可是許多人們，沒有拿那好的一邊的資格，都拿了壞的一邊了。現在我從心底裏感到這件事，可惜說話達不出這心思。但請你記着我的話。想到的時候，一世裏總該有一兩回罷。而且請將這事傳給活着的人。我們的主，就是人類，對於這事很痛心的。還有許多要講的人等候着，雖然遺憾，我只好就此完結了。請儘能活的活着罷。我還祝活的諸位的幸福。（鬼魂四行禮下壇。）

（鬼魂四的演說剛要完結，青年的朋友的鬼魂，走近青年。青年見了，兩眼都含淚，走近了，握着手暫時無言。）

青年　你在這里麽？全沒有知道。很苦了罷？

友的魂　唉唉，到死爲止是很苦了。一死可就完了。他們都好麽？

青年　都好的。

友的魂　你代表了活人到這里來，却是想不到的。

青年　並不是來做活人的代表的。是跟了這位，全不知道的跑來的。

友的魂　聽了我死的消息，我的母親很傷心罷。

青年　眞可憐。驟然老了。

友的魂　那人怎樣了？

青年　那人也很傷心，總是哭。現在還是很傷心的說夢見你呢。

友的魂　原來我的事早都忘了罷？

青年　那里常常提起你的。大家都說，要是你活着，要是你平安回來，我們多少高興呵。你一定告訴我們許多事情的。怎的就死了。

友的魂　我何嘗自己情願死呢。

（鬼魂五，這時被鬼魂一指出，走上演壇。）

友的魂　再談罷。

青年　好，好。

鬼魂五　（開始演說。）我從前想，只是以爲自己死在戰爭裏是不會有的事。自己的生命以上的東西，並沒有切實抓住的我，對於自己死在戰爭裏的事，是萬想不到的。戰死這類事，別人也許遇着，但決不以爲要輪到我。活着的人；大約便是現在，也一定自以爲決不是要死在戰爭的人罷。就是我們裏面，誰也未必想到過自己是要戰死的人。可是在我們，死是很可怕的東西。我也想不到自己竟會同這麼可怕的東西遇着；一切事情，全是有生以後的話。自己一死，何以要戰爭，便不懂了。我從出戰以來，時時想，爲什麼戰爭。

我以爲無論我出戰與否，我這F國的運命是一樣的。我不知道深道理，單想着並不戰死以後的事。幸而我的死是突然的，我死在戰場上了。然而覺得「打著了」的剎那的味道，實在不願意嘗到兩回。詛咒生來的力量，是儘有的。我並非要在這里訴苦。但戰爭究竟爲什麼？起了戰爭，究竟誰有利益呢？沒有戰死的人，還有不很負傷而活着的人，大約總將戰場上經驗過的情形當作一場醒後的惡夢，而且還作爲一樁話柄的。沒有戰死的人，大約總不肯說自己恥辱的事，却單說自己得意的事的。但戰爭究竟爲什麼，試問他們看罷。他們能有使我們戰死者滿足的答話麽？諸君以爲能有麽？有能答的，請出來罷。假使我對活人這樣說，他們會說我是發瘋；並且一定問，你連祖國亡了也不管麽？你的子孫做亡國民也不妨麽？我們與其做亡國民，不如戰爭，不如死。其實我們如果要做亡國民，自然不如死。我的祖國如果要變G國的屬國，我自然也願意拼了命戰爭的；但雖然這樣說，也未必便沒有無須戰爭，也不做屬國的方法。我不願拿別國做自己的屬國，拿別國做了屬國高興着的時代，已經過去了。我們至少也須尊重別國的文明，像尊重本國的文明一樣。所以我們以爲加入滅亡別國的戰爭，便不免是反背人類的行爲。這精神，凡是有心的人，全都有的。拿別國做屬國，做亡國民，或者破壞別國的文明，希望這些事是何等恥辱，我們都知道的。我們該是不靠戰爭也不會做亡國民的人們。不戰便亡國，這在從前，也許是可怕的眞理；不，在現在還是幾分的事實，也未可知的。然而奴隸制度已經廢止的現在，這可怕的侮辱人類的，侮辱人們的事實，也該廢止了。和別國交情好，尊重別國的文明，比那拿別國做成亡國起來，不知道於我們多少利益。我們怕國家的貪慾應該在怕個人的貪慾以上。爲本國物質的利益計，滅亡了別國，是不合理的；我們要反對的。人類也反對着這事的。取了別國的領土，拿了別國的人民，這也不合理的，無論如何總是不行的。我們戰爭的犧牲者，便是這不合理的犧牲者。沒有比這事更無聊的。我們是因爲本國或敵國的貪慾，被殺掉的；要不然，就是無意義不合理的恐怖或憎惡或無知的犧牲了。我們不將用在戰爭上的金錢勞力性命做些有意義的事，應該羞恥。單說敗了要糟便戰爭，實在是傻的。我現在在這里拿一個滑稽的例，請看看何等傻氣罷。

（鬼魂一向鬼魂五耳語。）

鬼魂五　這回兩個人演一點劇，請大家看罷。

（兩人之中其一先下壇。都拿了劍，從兩邊上壇。）

鬼魂五　（獨白，）對面可怕的東西來了，拿着大刀。遇着討厭的東西了。不來砍我纔好。有了，還是趁他沒有砍我，我先砍了他罷。

鬼魂一　（獨白，）對面來了一個拿着大刀的討厭的東西。這大意不得。他要殺我，也難說的。是呀，還是先殺了他罷。

（兩人遇着，交鋒。）

鬼魂五　砍人麼？

鬼魂一　只是你要砍我。

鬼魂五　拋下刀便饒你。

鬼魂一　你先拋了。

鬼魂五　我不上這個當。

鬼魂一　我就肯上當麼。

（兩人同時受傷，滑稽的倒地。）

鬼魂五　阿唷好痛。

鬼魂一　阿唷好痛。

鬼魂五　你爲甚麼要殺我？

鬼魂一　倒是你爲甚麼要殺我？

鬼魂五　你先下手的。

鬼魂一　倒是你先下手的。

鬼魂五　我單是怕被你殺掉罷了。

鬼魂一　我也這樣。要不然，殺你幹什麼。

鬼魂五　我也這樣。何嘗要殺人，只是怕你來殺我，纔要殺你的。

鬼魂一　我也這樣。不願死在你手裏，纔要殺你的。

鬼魂五　只要你不想殺我，我何必要殺你呢。但你終於拿了你的刀了。

鬼魂一　你拿了刀，我纔也拿了刀的。

鬼魂五　這樣看來，只要我不想殺你，你便也不想殺我麼？

鬼魂一　自然的事。只要你決不殺我，誰願意殺你呢。

鬼魂五　早明白這些事，我們兩人不死也行了。

鬼魂一　眞做了傻事了。

鬼魂五　唉唉好苦。做了挽救不得的事了。我們兩人，便這樣的死在這里麼？

鬼魂一　眞傷心呀。

（衆人都笑。）

鬼魂五　勞駕勞駕。這樣夠了。（站起。）

鬼魂一　夠了麼。（下壇，衆人都笑。）

鬼魂五　諸君雖然覺得可笑，但我們所能承

認的戰爭的原因除了國家的利己家的戰爭是另一事以外，其實只有怕做屬國這一點。這樣戰爭，纔是個人或國民可以承認的戰爭。別的戰爭，國民都該自己起來反對的。南阿的戰爭，是英國之恥。青島的戰爭，是J國之恥。E國對印度人的辦法，應該反對。J國對朝鮮的辦法，也是僭越的。卽使印度朝鮮沒有獨立的力量，然而竟用了怕教這國興盛似的辦法，是可恥的。俄國德國奧國對波蘭的態度，也該羞恥的。不自然的妨害那地方的人的自由，也是壞事。我們只爲怕這一事，纔起來戰爭。當作亡國屬國這樣看待，實在是難受的。我們不但對於使別國變成亡國屬國的事，沒有興味，而且覺得有從心底裏出來的反感。使別國變了亡國屬國，覺得高興的人，是一種階級的人。這一類人，一到社會的道德進步了，也要羞恥那些事。我們，雖說是死人，現在都當作活着的說，因爲這麼辦，可以使活的諸君更容易懂得，所以照了活着一般的說的。我們應該結一個不肯爲圖別國做屬國而戰的世界的同盟。倘要別國做屬國或亡國，換一句話，就是要別國人做亡國之民，是應該羞恥的事。我們倘若爲此而戰，便反背了人類的意志，我們單爲要免做亡國民這一事，纔該戰爭。但倘若全世界的人只爲要免做亡國民纔戰爭，這結果便怎樣呢？假使沒有那樣傻事，像我們剛纔所演的傻戲，這戰爭便大概可以消滅了。許多人也許說，這是理論罷了。但不到這樣子却是謊。現在的戰爭，究竟怎麼一回事呢。許多國民，勉勉強強的戰着；並不明白將要怎樣，單是戰着。兩面都以爲不戰便要做亡國之民，因此戰着。在一種階級的人，我不能知道；至於國民，却只是互怕亡國而戰，並非要敵國亡國而戰的，是因爲怕做亡國的恐怖而戰的，是同那兩個滑稽式武士一樣的理由而戰的：於是我們死了。這不是太沒意思麼？然而是事實，是極確的事實。我很望各國民都有一個決心，要是單爲想別國做亡國做屬國，決不戰爭。並且也不給別國以這類無聊的恐怖。殺了幾萬人想奪別國領土的時代已經過去了，也不能不過去了。我知道戰爭的太可怕，又想到何以戰爭的問題，知道除了兩面無謂的恐怖之外，並沒有別的原因。我們不可受利慾的騙。我們人民，應該同敵國的人民聯合，竭力使戰爭變成無謂的事。我們愛敵國的人民。一到大家相愛，大家知道戰爭是傻事，戰爭就可以立刻消滅了。我很希望這樣的時候早早出現。活的人也許以為這時候不會到，我却以為一定要到，以為不會不到的。倘若不到，那就是活着的諸君的恥辱了。但願竭力的設些法，教大家看戰爭當傻事的時候，早早到來罷。我還有五歲以下的三個孩子，留在地上，委實不願教他們再嘗自己嘗過的味道了。

（又另一鬼魂起立。）

又另一鬼魂　你的話太理想了。這麼辦，戰爭是總不會消滅的。

鬼魂五　你可有立刻消滅戰爭的方法麼？我可不知道別的了。大約人類也未必知道。

又另一鬼魂　你的話過於調和的，沒有權威；為甚麼不再進一步，提倡絕對的非戰論呢，像那真的耶穌教和佛教所說似的。

鬼魂五　你以為這樣的無抵抗主義，在這世界上能夠通行的麼？不能相信來世的人們，能甘心聽人殺害，做人奴隸的麼？可以成真宗教的素質的人，地上能有多少呢。我說的事，並不是對宗教家說。我單想將戰爭如何可怕，戰爭因為傻氣纔會存在的事，說給人知道就是了。我決不是希望無理的事，也並非說不要管自己的利害，要得到值得生活之道，是在別的路上的。我單要說明那不合理的事是如何不合理;澈底的說明那滑稽的事是如何滑稽,說明那沒意思的事是如何沒意思:教那些自以爲不會死在戰爭上的人,知道戰爭的可怕,而且知道死在戰爭上,是沒意思的事;並且希望從心底裏,至少也在心裏想,各人都願意去掉戰爭罷了;希望起鬨,滿口戰爭戰爭的人,能少一點便少一點罷了。還不能做到無抵抗主義的我,但深知戰爭的可怕和無意味的我,要不提倡連自己都能做到的或一程度的平和論,實在覺得不能。你不能滿足這些話,也是當然的事。便是我自己,每感到不能用我的法子立刻消滅戰爭這一節,也很覺得寂寞的。然而我除了說我的非戰論之外,沒有辦法,也很以爲慚愧的。但便是這一點,或者也可以供活着的諸君的參考。不要拿戰爭得意,卻拿不戰爭得意罷。將拿別國人做亡國民的事,自己羞罷。與其憎敵人,倒不如愛罷。他們也並非因爲憎你們而戰的;倘能做到,還想和你們要好呢。也同你們一樣,並不願意死,却願意活的。也是人類之一呢。好戰國出名的日本的天皇明治天皇御製裏,彷彿有四海都是同胞,何以會有戰爭這般意思的歌,我也正這樣想,我的意見以爲那樣滑稽武士的死法，是傻到萬分。國民都該開誠相示，大家不要戰爭。萬不可上惡政治家的政略的當。如果有顯出要戰模樣的人，也只因恐怖而起的罷了。自己沒有死，總覺戰爭有趣的人，自然也還多。我就怕這一類人，煽起戰爭的氣勢。其實是不論那一國，除了軍人之外，誰也不知道軍備要擴張到怎麼一個地步，正因此都窘着。正都窘着，却又不能不向這窘裏走，這便是人類的苦悶的所在。這是怎麼一回傻事呢？但這傻事，現在卻成了無法可辦的事。一想到如此下去會到怎樣的時候，我們頗覺得傷心。至少須比列國有優

勢的軍備，是目下的情形，目下的大勢。我們的主，就是人類，生怕這大勢，是當然的。惟其傻氣，所以更可怕。文明愈加進步，知道是傻事，便將這傻事消滅的時候，倘若沒有到，也可怕的。我們很願意盡力做去，教這時候能夠早到。我的解決策，也許太簡單了，並且有孩子氣。但據我現在的頭腦，除了這樣理想的方法以外，實在沒有別的更有效的合理的簡單方法：這也是自己很抱愧的。（鄭重作禮之後，下壇，衆拍手）。

鬼魂一　休息一會罷。

友的魂　剛纔的話，你以爲怎樣。

青年　都不錯的。可是拿這話對活人說，就要被人笑話呢。因爲活着的人，實在都不以爲自己會戰死；因爲都以爲戰死的全是別人。況且眞怕戰爭的，也還沒有；因爲却以爲勇氣。因爲他們以爲反對戰爭的只是一班新式的淺學的少年。因爲他們眞以爲不戰便要亡國。眞相信不壓服外國，自己便要亡了。任你問誰，誰都說戰爭是悲慘的。但眞知道悲慘這事的人，却一個都沒有。就有知道的，也不過以爲和世上的天災一樣的事罷了。況且許多人，還以爲擴張領土是名譽，是非常的利益。這種根性，單是別人死了，是不會消滅的。還有人想，以爲如有嫌惡戰爭的小子們，便儘可不必去，也可以戰的。至於別的羣衆，那更毫不明白了。因爲他們連人是會死的事都忘却了，至多也單知道死了便是不活罷了。隨便那一國，都有這一種胡塗人，所以很糟的。被大勢捲了，便胡胡塗塗的還他捲去；一到關頭，只叫一聲「完了」便歸西了。因爲從心裏感到戰爭的恐怖這刹那，就是歸西的一刹那，已經遲了呢。並且這一種人，倘使幸而沒有戰死，也就咽下喉嚨便忘了燙了。即使沒有忘了燙，也做不出什麽的。這眞不知道怎麽辦纔好呢。

友的魂　活著的人，該很窘罷。

青年　那里，誰也不窘呢。直接窘着的，自然是另外。

友的魂　總該有人擔心罷。現在的樣子，是不了的。

青年　可是也沒有人擔心呢。經營慘淡的研究着怎樣纔會戰勝的專門家，或者還有；至於慘淡經營的想着怎樣纔會沒有戰爭的人，在日本彷彿沒有罷。就令也有，也不知道他眞意思在那一程度，眞感着恐怖到那一程度。就令這樣的竟有一兩人，却又沒有力。不過空想家罷了。因爲對於實際問題，還沒有出手呢。

友的魂　會到怎樣呢？

青年　會到怎樣？大約能够擴張軍備的國，便只是擴張軍備，擴張不完罷了。

友的魂　以後又怎樣呢？

青年　大約碰了頭再想法罷。

友的魂　這麼說，你以爲戰爭竟無法可想麼？

青年　倒也不。我想總得有一個好法子纔是。

友的魂　假使沒有，又怎樣呢？

青年　那可沒法了。

友的魂　不想勉強搜尋他麼？

青年　可是麻煩呵。

（男女的鬼魂，都聽着青年的朋友的魂的對話；其中一個美的女人的魂，這時發了怒。）

美的女人的魂　說是麻煩？

（青年看見鬼魂都發怒，大喫一驚。）

青年　就因爲我自己沒有力量。

美的女人的魂　因爲沒有力，不更該想勉強搜尋麼？

青年　這固然是的。

美的女人的魂　你說固然是的，還有什麼不服麼？你並不希望戰爭消滅麼？以爲我們的孩子們，不妨死在戰爭裏的麼？

青年　那是決不這樣想的。

美的女人的魂　照這樣說，你是嫌惡戰爭的麼？

青年　嫌惡之至。

美的女人的魂　照這樣說，該希望戰爭消滅罷。

青年　自然。

美的女人的魂　既然如此，還不想出些力，教戰爭消滅麼？

青年　出力是很想出力的。

美的女人的魂　很想了，以後怎樣呢？

青年　我沒有力量。

美的女人的魂　這也未必。你單想悠悠然的對着書棹寫些隨意的話罷了。你是小說家。並且不願意做費力的事。這事煩厭是委實煩厭的。你不愁沒有喫，眼力又壞，不上戰場也可以。要是敵人到了，可以和家眷搬到安全的地方去的。你何必眞要沒有戰爭呢？只要空想着戰爭的悲慘，寫了出來，便得到良心的滿足，也得了名譽和金錢了。好一個可羨的身分呵。但是到這里來幹什麼來聽我們的話做什麼呢？單因爲仍然以爲沒有法，以爲麻煩，不要再想什麼戰爭的事，纔到這里來的麼？（少停，）怎麼不開口了呢？

友的魂　你答覆幾句罷。

青年　這並不然的。去掉戰爭這件事，我的確想着。不過我還有許多事；不能將我的一身，都用在去掉戰爭這一件裏。

美的女人的魂　這樣的麼？你年紀還青，所以還想做各樣的事罷。但是，戰爭的犧牲者的心，你可知道？如果不知道，說給你聽罷。

青年　請寬恕我。戰爭的可怕，我知道的。

美的女人的魂　眞知道麼？活着的人眞能知道？

青年　這却未必知道。還是不知道的好罷。

美的女人的魂　對於人類的運命，沒有擔心

的資格的人，固然還是不知道的好。但是你，已經被命到這里的你，却不許進這種悠然黨的。別人都全不知道的活着，也可以的。但是你，竟也能到這里的你，就令不能够免去戰爭，也該知道做了戰爭的犧牲的苦到怎樣罷。

青年　你講的話，都很對的。

美的女人的魂　你臉色變了。有什麼不安麼？

青年　在你們中間，我覺得自己悠然的活着，有些對不起了。

美的女人的魂　這倒也不必。能够悠然的活着的時候，是誰也悠然的活着的。但我却不願你悠然的活着，因爲想將我們對於戰爭的詛咒，滲進你的心裏呢。誰也不可憐我們。我們眞是毫無意味的死了。是受了所有侮辱，嘗了死之恐怖而死的。我們爲什麼死的呢？我很想問一問活着的人們。從古以來，在像我一樣的運命之下，死掉的人，固然不知道有幾萬幾十萬幾百萬了：所以也許說，這是不得已的事。但能够冷冷的講這種話的，其實只有活人。倘使像我們的身受了的，便誰也不能這樣說了。以爲謊麼？也請你嘗一回死之恐怖試試罷。

青年　請恕請恕。眞表同情的。正想着怎麼辦纔好呢。

美的女人的魂　這些爲止，是誰也能想的。要緊的是從此以後呢。

青年　很是。

美的女人的魂　你是知道到此爲止的事的，然而還沒有想以後的事罷。爲什麼有戰爭這東西？

青年　因爲國家和國家的利害衝突罷。國家和國家之間，不許有太強的。

美的女人的魂　也許如此。但從用去的金錢勞力人命這邊一想，那些什麼利害，不是全不足道麼？

青年　我也這樣想，但也有種種別的事情的。戰爭開初的原因，固然是利害的關係；然而一到中途，利害早不管了，變成拚死戰爭的發狂時代了，爲難的就在此。這變化也只有很少的一點；但這一變，無可開交了，爲難也就在此。以後便只是氣勢。後悔也無用了。戰爭到一兩年，便誰都希望平和，可是氣勢卻不准他了。沒有法想，一路打去的。

美的女人的魂　這不是太傻麼？我們卻因此死了，並不願死，並不願給人殺掉的呵。

青年　我表同情。

美的女人的魂　你以爲有了口頭的同情，我

們就滿足了麼？你以爲只要說，這是大勢，沒有法，眞是奈何不得，你只能眼看着自己的孩子被殺，忍耐着自己的被辱，打熬着自己的被殺，我便滿足麼？唉唉，連想也不願了。我是詛咒生來的。我爲什麼生來的呢？如果生來是無意味的，又爲什麼有戰爭這些事呢？我活着的時候，全沒有想到別的事。只是自己的事，丈夫的事，孩子的事，菜的事，衣服的事，所想很是有限的。這樣過去了許多日月。有高興事便笑，有傷心事便哭的。孩子生點病，受點傷，便非常着急的，傷了一點指甲，也要大嚷的。現在想起來，很覺得異樣。何以不能生活在平和裏，何以該打熬這可怕的事呢？你也是生活在平和裏的罷。昨晚上那里去了。

青年　看戲去了。

美的女人的魂　有趣麼？

青年　老實說，實在是看慣了戲，什麼也不覺了。傷心時便都哭，但自然是舒服的便宜的眼淚；發笑時便一齊笑了，從肚底裏來的。我現在羞愧着這件事。

一個少年的魂　不羞也罷。喜悅的時候，還是喜悅的好。我們身受的死之恐怖和悲哀以上的悲哀，倘給活人嘗了，要發狂的。人類不願這樣。

美的女人的魂　你的話眞對。我並不想給活人沒意味的淒涼。可是想活着的人，誰也不遇到無可挽救的事呢。

少年的魂　我能知道你的居心。但活着的人們，是不懂你眞的居心的。就是我，也何嘗喜歡戰爭呢？但我竟出去戰爭了，而且也殺了；人看見伙伴給人殺了，所以想殺人的。活的時候，說到敵人這東西，是最容易發生敵愾心的。現在想起來到不懂了，那時可總想想些法子呢。只要一些事，立刻發恨，覺得只要能多殺人，便自己死了也可以。聽到自己的

同胞給人殺了，被人辱了，聽到自己的祖國危險了，眞覺得自己是不算什麼的。這雖然可怕，但實在覺得如此。而且遇着敵人，單是殺了還不够，還想將他慘殺哩。

美的女人的魂　戰爭會到這樣，所以可怕。兩面都因爲同伴被人殺了，便越發增加了憎惡的心思。總該趁這勢子沒有到這地步的時候，想點法纔好。即使已經到了這地步，也得怎麼的使這勢子變化了愛之喜悅纔好呢。這眞可怕。因爲一點發狂，後來卻會不知道到怎樣的。同我這樣，就爲着這飛災，受了說不出的辱，還被殺掉的。還有我的丈夫，我

的丈夫那里去了？

其夫的魂　（近前）在這里呢。

美的女人的魂　這種事眞怕再遇到了。

其夫的魂　不再遇到也儘够難受了。人是天生的止能受到或一程度的苦的東西，苦到以上便發狂，所以還好；但便是想想也就難堪呵。我們遇着這事了，許多人們，大約還正在重演這罪惡，教人正受着死以上的苦罷。

少年的魂　但人裏面壞東西還多呢。別人苦了，他却高興的東西還多。因爲汚辱慘殺了本國人，也毫不介意的東西也還有哩。這類東西，許多混進了戰場，所以更難堪了。好的自然也有。但被惡人殺了的人，就是善人到了，也活不過來了。這實在是沒法的事。

美的女人的魂　的確是的。殺了的人，就令居心怎樣好，也不能遇了善人的清淨的愛，便洗乾淨的。最難堪的，竟還有不得不生出敵人的孩子的女人，而且還不止一兩個。總之教人遇到無可挽救的事，是不行的。教人遇着要詛咒生來的事，更其不行的。我是這樣想，（對青年說，）你不這樣想麼？

青年　這樣想的。從心底裏這樣想。

美的女人的魂　請看在這里的人們罷。全是託了戰爭的福，弄得不能不詛咒生來的這些人們呢。你竟還不想去掉戰爭麼？詛咒生來的剎那時，你知道。

青年　在夢裏知道的。

美的女人的魂　就在夢裏也很難受罷？

青年　說不出的難受。這味道再多一分鐘，大約便要發狂的。

美的女人的魂　醒後就好了罷。

青年　哦哦，在這一瞬間，我就醒了；心裏想，幸虧是做夢。

美的女人的魂　我們可是醒着身受的，而且受到十分二十分鐘以上呢。實際上便是嘗了一秒的百分之一，便己很難受；我們可是

嘗到半日以上呢。以後的結果，就是弄殺呵。我這里，（指着胸口）還有三個傷呢。

青年　我明白，我明白。

美的女人的魂　你看在那邊的孩子。看那個年富力强的青年和樣子很高尙的那老人。看那些思慮很深的男人們，看那個純潔的十六七歲的女孩子。你想，這都是在地上，因爲人們的暴力失掉的。你也該有愛人在地上罷？這人若像我這般死了怎樣呢。你若正在這年青時候，非死不可，又怎樣呢，你只要想定現在沒有法，做犧牲者也沒有法，便能滿足麼？能漠不相干似的，說別人的苦別人

的死在現在這世界上是沒有法麼？倘想到這些可愛的人死了，便是你也總該略略有點心痛罷。總而言之，我想，戰爭是應該竭力免去的。

青年　我也這樣想。但麻煩便在這以後，試將你的話，對着活人說一回看罷，都要笑呢。倘使他們遇着了像你的事，大約要發狂。可是還都說，正因爲不願遇着像你的事，所以定要戰爭呢。況且別國的女人遇着像你的事，他們只要笑笑就好了。所以戰爭這問題，實在爲難。

美的女人的魂　因爲難問題，所以更是活着的人應該想法的問題。假使是容易解決的問題，那該早已解決了。

青年　解決也有過的。耶穌釋迦以來，許多人都下過解決。只是人們還沒有實行這解決的力量就是了。

美的女人的魂　說沒有力就算了麼？

青年　算是不能就算了的。我想這問題，總該有些怎樣的辦法；可是全沒有怎麼辦法：所以很淒涼。另外應該解決的問題，沒有解決的也還有。

美的女人的魂　這樣情形，你還悠然的過去麼？

青年　無從措手，所以正茫然呢。

美的女人的魂　也未必無從措手罷。許多人都措過手了。

青年　我還沒有確信的道。而且我生成不是實行家。無論什麼運動，我都不願意加進去。我單想在書桌上做點事。向誰也不低頭，和誰也沒交涉，寫些要寫的東西。

美的女人的魂　好一個可羨的身分呵。這樣的人，何以到這里來呢？

青年　跟了那一位來的，因為不得不跟了。至於我自己有沒有到這里的力量，可是不知道。倘說沒有，便對不起有的人，也對不起你們諸位；如果說有，又彷彿有點太驕傲了。我到這里來，也並非代表活人的。

美的女人的魂　但是到了這里，還客氣着，是卑怯的事呵。我們請你到這里來，並非想從你聽些曖昧的回話；是想從你聽一個有責任的答覆，要聽你對於戰爭的意見，纔請你到這里來的。將對於戰爭的眞意見，說給我們聽。並且將怎麼辦纔好的意見，說給我們聽罷。

青年　倒是我正想聽你們的意見呢。

美的女人的魂　不行，你該毫不客氣的說出你的意見來。

青年　我沒有這資格。

美的女人的魂　到了這里，却又默着回去，是卑怯呵。是日本人的羞恥呵。

青年　既這樣也許另有適當的人罷。

美的女人的魂　誰？

青年　那可不知道。

美的女人的魂　日本沒有平和協會麼？

青年　有的。

美的女人的魂　誰是會長？

青年……

美的女人的魂　不知道麼？

青年　知道的。但說出來，實在是日本的羞恥。

美的女人的魂　何以呢？

青年　因爲這人是撒謊有名的人。因爲就是說「爲要平和所以戰爭是必要」的人。因爲他做了平和會長，便一面對世界宣言說，沒有軍備。就得不到平和，一面却拚命的擴張軍備的。不但如此，他很喜歡戰爭。現在這里的我的好朋友，就是因此死掉的。

美的女人的魂　阿呀，你的國裏這等人是平和會長麼？

青年　是的，實在是羞人的話。眞知道愛平和的人，怕一個也沒有罷。說起來也慚愧，就是我自己，也沒有眞知道的，只是茫然的慕着平和罷了。

友的魂　不至於如此罷。

（鈴響。）

鬼魂　諸君！諸君裏面，想對活着的人說些話的，想必很多。可是時候不够了。我們的主，就是人類，對於這特地光降的日本的活人，命他講些話。我們也很願意知道活在日本的人，懷着什麼意見。這回便是活着的人要演說了，請靜靜的聽。這位活的人是日本人，是想爲人類的運命做事的人。年紀也還青，想來以後爲人類的運命做事，正多着呢。這樣的人出來，人類很喜歡，我們也很喜歡。並且能聽這樣人說話，更是無上的喜歡，而且以爲光榮的。

（手上沒有傷的都拍手。青年茫然的聚集了衆人的注意。）

美的女人的魂　還躊躇什麼呢。

友的魂　想什麼說什麼就是了。你沒有想過的事，誰也沒有想聽呢。

不識者　你不能不上演壇去。

（青年沒奈何，上了演壇。）

青年　我是因爲受了站上來的教命，站在這里的。我自己覺得並沒有站在這里的資格，但既然受了教命，便不能不上來。照自己所做的事一面說，如果還要躊躇，也要算卑怯，所以站在這里了。我到這里，並非代表那活着的人。對於戰爭，我也毫無知識，無論那一面，生怕都不能有使諸君滿足議論，這實在是很抱歉的。我只能將我的所感，老實說出。這也不是解辯的話，也要請體諒的。我是想到戰爭，便覺得寒心的人。這並非因爲怕自己要死在戰爭裏。只要想到死在戰爭裏這事，本來就很淒涼的。然而可怕的，是一切生人，都以爲戰爭是不可免的事，而且以爲不愛戰爭似乎是一樁拋臉的事。國家看那害怕戰爭的事，比什麼都害怕。說弱於戰爭，便是國家滅亡的意思。大家都這樣想；不但是想，却不能不信以爲是一件要發現的事實的。這在古代是事實，現在也還是存在的事實。有些話，雖然前回這一位，已經說了，但我想亡國的恐怖，是誰的腦裏，也都滲進着的。照現在這樣下去，其實也不是無端的恐怖。倘不去掉了戰爭原因的原因，却要消滅戰爭的枝葉，實是無理的話。從國家主義生出戰爭，是必然的結果。在僅計本國的利益，而且以僅計本國利益爲是的現代，戰爭不能消滅，是當然之至的。如果國家主義無錯誤，是眞理，戰爭也就不可免，而且是美的了。所以國家主義的人，讚美戰爭；戰勝的事，算最勇，算最美。取了別國的領土，不是恥辱，是名譽；使別國人做了亡國之民，也不是恥辱，是光榮。英國拿了印度，在英國不但有了利益，同時也得了名譽的。忍辱這件事，在個人是美德，在國家是無比的恥辱了。殺人是不行的事，搶別人的東西是壞事，擾亂他人的平和與自由是討厭的行爲；但一爲國家，這些惡德便不但都得了許可，而且變了美德了。這類事情，從死了的諸位看來，大約是不合理；但從活着的我們看來，却是當然的。孔子和梭格拉第，在或一界限上，也以這事爲當然的事。他們並沒有說，別國人的侮辱是應該忍受。他們也沒有明白說，戰爭是一件罪惡；因爲他們是承認國家的。至於耶穌釋迦便不認國家了，所以也以戰爭爲罪惡。倘若孔子梭格拉第的教支配了人類，戰爭當然不能消滅；但耶穌釋迦的教，若當眞支配了人類，戰爭却該消滅的。然而倘使發問，這時候會到麼？說不會到，是不錯的。我們也想像著一個沒有戰爭的時候，但不以爲能從耶教佛教這樣無我愛，或無抵抗主義的傾向，可以到來。只有羼入了尤其主我的，利己的立脚地以後，要消滅戰爭，戰爭也就消滅，我想只有我們更加聰明一點，涸竭了共同的不幸的源泉，戰爭總會消滅的。再回到上文說，無論是聖人是君子是哲人，只要承認國家的存在，便承認戰爭的必要，而且也不能不承認的。這世界上不能塞滿了聖人和君子。承認國家，便須承認別國了，也不得不承認其間的利害關係。也不得不承認因此衝突的事了。於是軍備成爲必要，怎樣防禦敵國侵入的事成爲問題，徵兵也必要，重稅也必要，殺人的器具愈加精巧了。內行似的講些盡人皆知的話，要請諸君原諒。這結果，便造出了諸君這樣犧牲者了。在以戰爭爲不得已，以戰爭爲爲皇帝爲國家爲同胞是必要，因此死了爲光榮的時代的人，便做了戰爭的犧牲，也許便能滿足罷。但使看那不可不戰的理由爲無意味的人們，也做戰爭的犧牲，可是太悲慘了。我在這裏傷心的是不能說諸君的死是光榮的，所以諸君可以瞑目的話。傷心的是只能說諸君的死是不得已，現在沒有法，忍耐罷，體諒罷，表同情的這些話。我知道就是現在，每日每時間，勒令嘗那死之恐怖如諸君的人，正是很多，此後也不知將有多少：想來總很難受的。然而傷心的是現在的時候，除却說些遇到這事是無法可想，只能算了之外，別無方法了。

旁聽的一個鬼魂　這些事都知道的。要問的是怎樣纔會沒有戰爭。你如果在戰地裏，給人捉去鎗斃的時候，只要說現在的世界無法可想，算了罷，你便狗子似的死掉就算麼？想想纔好。

青年　這話是不錯的。我不見得就算了，但我是不能不死的。

旁聽的一個鬼魂　如果對着這樣死去的人，眞心表同情，便早一天好一天，趕快去掉戰爭罷。少一個好一個，趕快減少那詛咒生來的人們罷。

青年　倘能做到這件事，我也不知道怎樣喜歡呢。因爲世上有戰爭，在我是很淒涼的。戰爭之外，世上也還有種種不幸的事。但不能說世上有種種不幸的事，戰爭的不幸便可得了辯正了。

（鬼魂一對青年耳語，青年點頭。）

青年　說些盡人皆知的事，空費了諸君貴重的時間，於心委實不安。竭力的簡單說罷。我相信戰爭是會消滅的，而且也不能不消滅的。請不要疑心罷。我想倘若人間還未生長到「人類的」戰爭是不會停止；照現在這般國家依然存在，戰爭是不會沒有的，或者戰爭反要利害，至少是對於戰爭的恐怖，也一定反要加增。我想現在還不覺醒，可怕的時候便要來了。第一，軍備便是不了，這事不必說，是諸君都很知道的。我們怎麼免掉呢？這只有一條路。就是我們不用國家的立脚地看事物，卻用人類的立脚地看事物。眞知道別國人不害我，給我利益，因爲民族的互助，纔能增進幸福的事。我們不能拿別國人當作惡魔一樣看。我們實際上，從別國人互得了利益的。我們不願失掉了德國人，就從俄國人英國人法國人，實在也教了我們許多事。他們的文明，都可以互助的，其實也確鑿互助着的。我們也不可不尊敬支那和印度的文明，要他發達。喜歡鄰國的爭鬭。喜歡支那文明的破壞，是不行的。就是我們日本，現在也一定可以證明是人類裏不可缺少的人種。我們其實是應該承認別國人的長處，發揮這長處，從這里取出可取的東西，因此得到利益的。破壞了別國的文明，就在這上面建設自己的文明，是一件發昏的事，違背人類的意志的。現在試想，如果全世界的文明，都成了德國式罷。別國人無須說，就是德國人，也要說不甚舒服的。即使法國的文明支配了全世界，我們能夠高興麼？我們還不如種種文明，在地上存在的更多，發達的更盛的好。倘早如此，便種種的發明也更多，文明也更進，種種的藝術品也存在的更多了罷。這世界也是更有趣的世界，人類也該有更多的東西了罷。我想妨礙別國文明的發達，是應該詛咒的。使別國成亡國，妨害他人民的生長，無論如何，是不行的。我們沒有怕這世界上人種的種類太多的理由，倒該怕現在的人種有滅亡的。從種種的人種，在這世界上創造出種種的美，是我們所希望的。在這世界上創造種種的文明，是我們所希望的。而且或一文明，能知道別文明所沒有知道的，別文明所沒有具備的東西。譬如或一人種發明了一種藥；受這種藥的恩澤的人，決不是限於一人種。這些事，是盡人皆知的。但在現代，卻現出異人種間互相輕蔑互相憎惡互相滅亡的傾向，我要責備這狹量與不合理。我們不要暗地裏從別國人或別人種，竭力取了利益，却互相忘記了這恩惠。應該知道本國的文明，如何受別國文明的幫助，互相稱讚的。應該撒下愛的種子的。却撒下了憎惡的種子了。別國不滅亡，自國便不能存在這種思想，是最為人類所憤怒的。說別國的文明不滅亡，自國的文明便不能存在也大錯的。脫離了別國的文明，本國文明在眞意義上却不能存在，是人類的意志。人們不知道尊重人類的意志，所以不行的。(拍手)從蔑視人類的意志的地方，起了戰爭的。可敬可愛的諸君，諸君的血，都因爲蔑視人類的意志流掉的。人類一定從心底裏，爲諸君的不幸傷心。人類要將國家主義這一個大病，使個人知道。照這樣下去，在人類是可怕的。在人類是可怕的事，不消說在個人自然也可怕，在國家自然也可怕的了。倘若國家還是這樣，我怕總要感到自己漸漸的走進了無可奈何的狹路。我是感到了。國家便要覺醒，託人類替他想點方法的。現在爲止，國家當作無上的東西而存在。就是現在，也還是當作無上的東西而存在罷。諸君便是做了這犧牲的。然而以後，國家未必是無上的東西罷。正如前回的演說者所說，我們能將別國人作朋友看的。無論是戰勝者戰敗者敵國人，都只當作人們看的時候，一定要來的。被人占領，在古代是死以上的恐怖。但被占領等於不被占領的時代，一定要來的。現在這樣說，也許覺得奇怪。但人類是這樣希望；個人和國家，也就要這樣希望罷。到這時候，戰爭便不必要了，征服者須向被征服者討好的時候便來了。到這時候，戰勝變了無意味，戰爭也成了無意味了。這些事，現在似乎是太如意的空想罷。然而個人的自覺，不到這地步是不肯干休的。人類希望着如此的。用暴力壓迫別國，占領別國，送去本國的人，迫壓了別國，妨害思想的自由，阻遏他的文明，移植了本國的文明，消滅了那一國的自立的力量，這都是現在植民地的辦法。然而解放了奴隸的人，大約必不許有再使別國人受奴隸以上的苦的事的。我們不許有將人不當人的待遇。倘若各人都將人承認是人，眞心的圖謀他的發達和幸福，戰爭便該消滅了。這樣時代，一定要來的。

（鬼魂漸漸隱去青年沒有覺得，）

青年　我們極希望這樣時代到來。而且應該盡力，使這樣時代到來。將人不當人的壓制的政治。漸漸的會從這世界上消去，使一切的人，都像人樣的生活着的時代能够到來，是我們活人應該盡力的。到這時候，戰爭也便從這世界上消去了。無論如何，使善良的人，遇着要詛咒生來的事，是不行的。使不喜歡戰爭的人，不得不戰，決不是可喜的事。並不願戰爭的，却強要他戰爭，也決不是好事。這樣不合理的事，在這現世已經任意推廣到「沒奈何」這一個理由以上，傲然的顯出一副美德似的相貌，支配着這世界。無論如何，想來總覺寒心的，總是不行的。至於對着別國人，出了無理的難題目，說不聽便要戰爭，那可更是不好的事。我憎惡這樣的戰爭，尤其恐懼這樣的根性。希望以有這樣根性爲羞的時代到來。我們愛本國的國民和文明，同時也應該尊重別國國民的權利和文明。應該盡力於互相利益，相愛相親的。喜歡使別國民發生反感，擾動民衆，是不行的。別國的幸福，決不是祖國的不幸。外國文明的進步，並非可悲，是可喜的。外國的武器的進步，軍備的擴張，不是可喜的事。然而依著人類意志的文明的進步，是可喜的。我們該在眞的意味上，更做到人類的人。並且也像在本國國民間禁止奴隸制度一般，對於屬國國民用那對付人間以下的態度，也應該改過的。我們很怕人類的運命的進行，取了現在這般國家主義的進路。這意思明明就是不幸。我們爲避掉人類將來的不幸起見，目下應該改變了這人類的進路的。這就是使人們像人模樣的生活這一件事。就是已經知道了人類的運命照現在這般進行是可怕的各國人，互相連合，竭力的免去這不幸。

就是使國家遵從人類的意志。就是人民與人民，都眞明白了戰爭的悲慘，互相盡力的免去這戰爭。這些情形，大約是誰都知道的，大約諸君是尤其從心底裏感到的。我因爲諸君，尤其感到戰爭的悲慘了，總想去掉這戰爭。我眞心仰慕着平和。我想諸君一定很難受，我可惜沒有慰藉諸君的話。因爲諸君的死毫無意味，所以對於諸君更表同情了。我說的話，都是常談，不能使諸君滿足，很覺抱歉。然而今日的情景是不會忘却的。我從此以後，大約總要時時想到諸君，也便時時想到人類的運命。請寬恕我的無力，寬恕我的話的無力罷。但我心裏所有的對於美麗的國的仰慕，却要請諸君體察的。許多時候，將不得要領的話，瀆諸君的清聽，很是慚愧的事。但實在因爲沒有力，只能請諸君原諒了。（青年這時纔覺到鬼魂都已隱去；只橫著許多枯骨，大喫一驚。）

不識者　誰也沒有哩。只有枯骨縱橫哩。

青年　我很淒涼。

不識者　那邊去罷。

青年　人爲甚麼活着的？以前的人，爲甚麼活過的？

不識者　這些事管他什麼。那邊去罷。

青年　那些人們，究竟爲甚麼活過的呢？

不識者　遇到這些事的人們，從古到今，多的很了。死了以後，這人活的時候的事業就完了。

青年　倘若我遇到這樣事情呢？

不識者　沒有遇到的時候，是沒有遇到的，不也好麼？

青年　可是。

不識者　那邊去罷。遇到這樣事情的東西，以後還不知要有多少。那邊去罷。

（沈默，退場。）

一九一六，，，一二——二，一六。

第二幕

（一條街的郊外。）

青年　乏了。肚子餓了。

不識者　買點什麼喫不好麼。

青年　我沒有錢。

不識者　那便只好熬着。卽使兩三日不喫什麼，也不見得便會餓死。

青年　這是那里？怎麼纔能回家呢？

不識者　你沒有將所看的事看完，回家不得。其實是只要你叫喊起來，便能回家的。

青年　母親在家裏愁罷？

不識者　沒有的事，母親只以爲你夢中呻吟着罷了。

青年　夢罷？

不識者　是比眞更眞的夢哩。

青年　可是肚子餓了。歷來沒有這樣餓過。而且也乏了。一步也不願走了。

不識者　沒志氣的；這樣子，以爲能做大事麼？

青年　做大事的時候，決心是兩樣的。可是現在連想做事的意思還沒有呢。

不識者　既然如此，就在這里歇一會罷。

青年　肚子有點痛了。（坐下。）

（紳士夫婦帶着孩子走過。紳士落下錢包。

青年　錢包掉了呵。

紳士　多謝你。

（紳士拾起錢包。乞丐上。）

乞丐　布施一個錢罷。

（紳士給與銀錢。）

乞丐　多謝多謝。

（賣麪包人上。）

乞丐　買麵包。

賣麪包人　要那一樣？

乞丐　要這個。

賣麪包人　是。

孩子　媽媽，我要買麵包。

母　可以買給他麼？

紳士　好好，賣給他。

母　買麪包。

賣麵包人　是是。

母　要那一樣呢？

孩子　這個和這個。

母　那就要這個和這個。

賣麵包人　是是。

（乞丐站在路上，喫着麵包。）

（孩子拏了麪包剛要走，一條狗跑出，便給了狗。紳士等退場，狗跟下。勞動工人等上場，都買了麵包，很親熱的喫着笑着走過。青年忽然將兩手縮入袖裏和懷中，看着。）

不識者　你做什麼？

青年　我正想該有金錢在什麼地方滿散着呢。

（賣麵包人之外，皆退場。）

賣麵包人　先生不要麵包麼？

青年　要是要的，可是沒有錢。

賣麵包　沒有錢麼？一文也沒？

青年　忘記帶來了。改天還你，可以賒一點麼？

賣麵包人　這眞是對你不起的事。

（賣麪包人退場。）

青年　這樣下去，怕要餓死了，如果再不想法弄一點錢。

不識者　不願意討飯，便只好做工。這是一定的事。

青年　既這樣，便去尋點事做罷。

不識者　事也不能便尋到：無論什麼事，都很不容易尋到的。

青年　可不是麼。然而也不能不尋去；因爲這樣下去，怕要倒斃了，況且在這地方，也沒有一個熟人。無論什麼事，我都做呢，只要爲飯計，爲生存計。因爲不活着，便沒法了。我爲生存計，做什麼事都不羞的。

不識者　這麼說，劊子手也做麼？雇到屠牛場去也行麼？

青年　這可有點爲難。不做這些事，也未必便會活不成的。

不識者　假使不做，竟活不成呢？

青年　這樣生存，是詛咒哩。

不識者　現在尋些什麼別的事呢？

青年　就是能賺錢的事，這種事也不是一定願意做。倘使一向學着這種事，現在也不見得便不願；但是同我這樣，是向來沒有學做什麼事的，所以無論做甚麼事，都覺得有點不很舒服了。

不識者　你是想不做事而活着的人們這一類罷。

青年　事是想做的。但不願意做替不愛的人賺錢的事，卻要做一個人不得不盡的義務的事罷了。可是現在尋不到這等事。願意的事，一時也想不出。可是肚子這樣餓了，再不喫便實在難過。因爲一文也沒，是毫沒有法想的。

不識者　這樣說，究竟尋怎樣的事呢？

青年　尋起來看罷。可是尋的時候，肚子餓了。我從來沒有這樣餓過。有人來纔好呢。我要借一點錢，照現在這樣，是挨不下去的。

（女上。）

不識者　向伊借罷。

青年　對女人說，總有些不好意思。要是以後見了男人，再向他借罷。

（女退場。男上。）

不識者　喂，向他借罷。

青年　隨便對着毫不認識的人說話，實在有些爲難。

不識者　現在已不是講究這些事的時候罷。

青年　打定主意說一回看罷。（走近男子，）先生，我拜託你一件事。

男　什麼？

青年　這也實在很冒昧，肯借我幾個錢麼？因爲肚子餓極了，又忘記帶了錢來。

男　這樣事情，還是託你熟識的人去罷。

青年　這里沒有我熟識的人。

男　看你倒是一個很像樣的身體。但你的手是怎的。不還是一雙沒有作過工的手麼？我對於有滿足的身體，却毫不勞動而沒有飯吃的人，是沒有同情的。這是自作自受的事。勞動去罷，勞動去罷。

青年　有什麼好的事情，我就做去。

男　自己尋去，——自己在這樣地方逛，尋不到事做的。（打量着青年的形狀）如果是乞丐，便該像乞丐模樣，蹲在地上，說一聲布施我一文錢。對着毫不相識的人，說要借錢，實在是怪事。勞動呢，乞食呢，做賊呢，都不願，便倒斃罷。你便是死了，誰也不會吃驚的哩。

青年　不借就是了。我並沒有說一定要借。

男　因爲肚子餓了，借我一點錢，這是乞丐的話呵。就是肚子餓，也裝着沒有餓的樣子纔是。

青年　這些事我知道的。

男　既然知道，何以做出剛纔那樣不要臉的事呢。簡直用了一禮拜沒有喫的聲音，却還能說要臉麼？我最嫌少年人要別人幫忙。自己尋事去，做一個額上流了汗換飯喫的人罷。

青年　……

男　我的話懂了沒有？（少停）有什麼不服麼？不服不要默著，侃侃的說罷。

青年　也沒有什麼不服。我已經不必和你說話了。

男　這也不然。須明白我的話纔好。像你這樣盛年的，身體好好的，無論那里，你總不是廢人。這樣的人，卻滿口肚子餓肚子餓，嬾嬾的活着，從國家上面看來，也就無聊。還是做事罷，什麼都好的。想依靠別人的慈善心這種事，是應該羞的。

（男退場。上回的乞丐上，走近青年。）

乞丐　你太老實了，所以不行。不是卑躬屈節的講話，是做不了乞丐的。像你這樣被別人說了幾句便受不住的人，是做不了乞丐的。這里有一個錢，送與你罷。

青年　多謝。我可是不要。你自己留着罷。

乞丐　一個錢算什麼，立刻可以要到的。送與你，拿罷。

不識者　拿了就是。

青年　多謝。那便拜領罷。

乞丐　哈哈哈。說拜領可是惶恐了。然而我卻不是尋常的乞丐呢。實在是做了乞丐和世間玩笑的。本來是托鉢和尚，後來眞做了乞丐的。你也做乞丐試試罷，非常舒服哩。乞丐固然也有許多事，有地段等等各樣麻煩的事。我可是和這些伙計們毫沒關係的過去了。倘不乖巧一點，什麼事都不行。像你這樣傻老實，單說一聲給我錢，給你的只有教訓罷了。教訓是飽不了肚子的呵。

青年　你在那里要着飯做什麼？

乞丐　要了飯就喫。

青年　喫了做什麼？

乞丐　喫了就睡覺。

青年　單是喫了就睡覺麼？別的時候，你想些什麼？你不是一個不是尋常的乞丐麼？

乞丐　閒空是多着呢。想些想了也無聊的事罷了。

青年　怎樣的事？

乞丐　女人的事。

青年　還有呢？

乞丐　喫的事，睡的事，那里睡的事，

青年　還有呢？

乞丐　人爲什麼活着的事。

青年　這事你怎麼想？

乞丐　我想人是錯生下來的東西。是不生本也可以，却生了來的東西活的時候，姑且活着，也不必硬要尋死。待死到來，那就死了。

青年　你不想做富翁麼？

乞丐　倒也不想了。從前也曾想過，我可本是富翁的兒子呢。因爲好玩，同女人逃出了老家，在各處浮蕩著，用完了錢，被這女人捨了，回家看時，父親已經死去，錢財也都處分好了。我沒有送父親的終，卻像回家特為要錢似的，便生了氣，一文也不要，仍舊飛出了老家，進了托鉢和尚的隊夥，但說到經，又覺得傻氣了。以為學做廢人，還比出賣佛菩薩的好。因為順順當當的便做了，毫不覺得為難的。一時也想學學好；但便是學學也有什麼意思呢。

青年　捨掉你的女人怎樣了。

乞丐　做了太太了罷，——一定是的。我可是並不恨。我是不怕甚麼的。因為活著也不覺什麼有趣，死掉的事也就不覺什麼可怕了。什麼也不願做，所以什麼都不做，只是睡着的。碰到了喫的時候便喫，碰不到的時候便只是碰不到罷了。就是生了病，也沒有人服侍，可是死了也就沒人哭了。什麼時候總會倒斃的，倒也不覺得甚麼可怕呢。因為生來的事已經錯了，現在再也沒法歸原哩。

青年　你對於戰爭怎樣想呢？

乞丐　戰爭這事，在不願死的肚子飽的這些人們，也許是一個問題；在我可是全不算什麼一回事呢。單覺得好事的任性的這班東西要打，便隨便打去就是了。然而喜歡戰爭的這些東西，無論怎樣看法，只是傻子罷了。你肚子餓了罷。因為挨餓的工夫，你還沒有修鍊呢。一看見你，就使我記起少年時候的事了。還有麵包，你請用罷。

青年　多謝。

乞丐　似乎有點髒罷。倘使這麵包不經過我的手，卻從美人的手裏交到你的手裏，總該覺美過十倍罷。這時候，大約便是所謂「樂」了。不要客氣的吃罷。碗在這里。給你舀一碗水罷。一看見你，很使人覺得願意替你做點事呢。

（乞丐退場。）

青年　那個乞丐是什麼人？

不識者　就是如你所見這樣的人。

青年　不是尋常的乞丐罷。

（乞丐登場青年怕髒似的吃着麵包，合了眼喝水。）

乞丐　便是一樣的水，從乞丐的碗裏喝了，味道也該兩樣罷。比在美人的手裏喝水，意思是不同的。明白之後，雖然一樣是溪水；沒有明白時候倒反好呢。就是我，也從美人的手裏喝過水，喝過酒，拿了觸過美人的嘴脣的杯子，戰戰兢兢的心跳着，送到過自己的嘴邊的。人們纔是可笑的東西哩。因為他是生成的肉麻當有趣的。無論怎麼，人們總是生成照樣，不會再高明的。便是我講的話，也同這碗水一樣，比方是聖人說的罷，你就要感激萬分，跪聽這一樣的話了。這樣倒反好罷。

青年　你想照這樣下去，世界會怎樣呢？

乞丐　在想那世界要怎樣之先，略想想心裏的事看。剛纔的麵包和水，你如果不從乞丐，却從美人要來便怎樣呢？你大約要很高興，要感激涕零罷。一樣的麵包和水，也是如此。這樣骯髒的乞丐和你要好，你不舒服罷？

青年　沒有的事。

乞丐　那里，看你的臉色就知道的。比方我並非美人，却是你尊敬著的人，或是世間尊敬著的人，便怎樣呢？我的手不比美人的手更高貴，我的碗不比黃金的杯更高貴麼？

青年　這却是的。

乞丐　如果你的心裏有愛，坦然的受了我的好意，那便剛纔的麵包和水，比實際的味道，你該覺得美過幾倍罷。

青年　這是很確的。

乞丐　你以前不說過「爲不愛的個人勞動有些傻氣」這類意思的話麼？

青年　說過的。

乞丐　你的意思，不是以爲同一勞動，爲嫌憎的人做，便是苦，是無意味；爲愛的人做。便是樂，是有意味麼？

青年　是的。

乞丐　所以愛這世間的，愛這人類的人，比那追尋快樂的，更能高高興興的做自己的事。如果這世間的勞動，與愛這世間愛這人類的人的意志有違的地方，那便對於這等人，不是一個打擊麼？

青年　是的。

乞丐　現在有許多人，還沒有眞覺到這件事。釋迦和耶穌都不揀勞動生活，却揀了乞食生活，似乎原因便在此。倘若做了這世間的謬誤的機關的手足，也就是承認這機關了。但一到理想的世界到來，便是做了一定的勞動之外，另做自己的事；做自己的事，也就是比一定的勞動更於世間有利的事，這是我們該做的了。你不是這樣想麼？

青年　是這樣想的。

乞丐　所以現在的世上，勞動者得不到尊敬的。受尊敬的不是勤苦人，却是悠悠然活着的人。人們並非爲人做事，是爲錢做事。所以富人便得着尊敬，窮人只能得到輕蔑了。這不是尊敬人，只是尊敬錢罷了。人們如果爲了金錢不得不勞動，人們便不想人類的事，只想金錢的事了。並且忘却了用錢也買不到的寶貴東西，却只知道用錢能買的什麼快樂什麼尊敬什麼利益什麼便利什麼安逸之類，以爲是現世能得到的頂上的東西了。現在的時代是國家主義時代，也是金錢的萬能時代，只要有錢，便無論到那一國裏，都可以擺起架子，拿這國裏的窮人，像奴隸似的使喚。有錢的外國人，比窮的本國人尤其尊敬，尤其歡迎。金錢的價値，全世界都通行；金錢的要緊，人們都澈骨的感着，過度的感着。這也不但俗人，便是宗教家也不免的。窮人的一文錢和富翁的一文錢，只能一樣使用。也不但世俗，便是宗教家也不免的。而且有錢的宗教家所說的話，也格外通行。窮的宗教家，受了俗人的輕蔑之外，也還要受宗教家的輕蔑的。所謂托鉢和尙，並不是一個尊稱。其實托鉢和尙裏面，也很混着許多無聊的人的。他們並不想什麼高尙生活，只是度不成尋常生活，所以做了托鉢和尙，在那里仰慕着富翁罷了。

青年　你也是因爲傳道起見，所以做乞丐的罷。

乞丐　並不是。我沒有這麼尊—我可是熱望着尊的東西，熱望着不滅的東西。站在虛僞的東西上面，却悠悠然的得意着，是不肯的。我們先該打勝了那死亡，就是決不度違反自然的意志和人類的意志的生活。我曾經想做過不背自然的結婚，想和我眞心所愛並且愛我的女人結婚的，而且以爲已經有了這樣的女人了。然而這結婚，父親不肯，金錢不肯，女人自己也不肯。實行理想的自覺和這自覺的價值，我自己是相信的。但這自覺，從用了尋常的眼睛觀看東西的父親和女人看來，只是一個笑話。這樣的人，既不能教他認知自己的行爲，也不能強勉他取同一的行動。略略能夠實行自己的意見的，只有自己。如果以爲可以教妻子也照自己的意見做去。那只是一想情願的空想罷了。我於是想，就是我一個人不再度自己不願意的生活罷。我沒有能賺錢的事，我便做了乞丐。做了乞丐以後，雖然也想做點別的事，可是腦和心都疲乏了。就是做乞丐，想起來也不算正當。卽使乞丐，倘若活在這世上，便總被支配這世間的不可見而且不很高尙的勢力支配着的。你看，警察來了。我不逃就要被捉，要被踢的；因爲這村裏是不准乞丐跨進一步的。

青年　在那里？

乞丐　從那邊來的。阿阿，髣髴已經覺察了。再會。你看見這可憐的樣子，不要見笑。有空再出來罷。

（乞丐躲下。警察慌忙登場。）

警察　（喘着氣）沒有乞丐在這里麼？在這里罷？

青年　在這里。有什麼事哪？

警察　這里是不准乞丐進來的。而且那個乞丐，是有過立即捕拿的命令的。那里去了？

青年　那里去了呢？忽然不見了。

警察　那乞丐跑的眞快，容易拿他不住。和你說過些什麼話罷。和那樣乞丐講話，沒有什麼好處的。跑到這邊去了罷？

青年　唔唔，這邊去是那里？

警察　是一條街。

青年　這街叫什麼名字？

警察　管他什麼名字。只是因爲上頭若知道我見了乞丐，却不追趕的事，便要算作怠慢職務的。

（慌忙退場。乞丐從草地裏露出頭。）

乞丐　那里去了？

青年　那邊去了。

乞丐　可憐也誠然可憐，可是聽他拿去，也麻煩的難過。

青年　他說你跑的眞快呢。

乞丐　就有這樣的謠言罷了。幸虧如此，我所以不必跑到遠方，只是就近做一個躲避的地方便够了。

青年　又來了呵。

乞丐　又來了麽？（將頭藏下。）

（警察登場。）

警察　終於跑了。從這條路去，是可以走到X街的。那個乞丐對你說些什麽？

青年　也沒有說什麽。

警察　沒有說些對於這社會有點不平似的話麽？

青年　倒也沒有說這宗話。

警察　那個乞丐沒有什麽好話。那個乞丐已經有些學生了。就因此很着忙呢。

青年　有了怎樣的學生了？

警察　無非只是些不成器的東西。別的壞事也沒有做，只是說些什麽這世間是立在謬誤的基礎上，教這基礎堅固的事，還是不做的好之類，似乎一種不三不四的社會主義的話罷了，倘若以後再遇着他，還是不和他講話好。

青年　多謝。

警察　再見罷。

青年　再見再見。

（警察退場。乞丐又將頭伸出。）

乞丐　走了麽，

青年　走了。

乞丐　你也眞會撒謊哩。

青年　因爲一講眞話，你便要被捉了。

乞丐　是一文錢的好處麽？（走出）。

青年　那警察倒也是一個好警察呢。

乞丐　是的。所以這樣盡職，眞冤人哩。

青年　你是社會主義者麽？

乞丐　不，我是不很知道社會主義的事的。但我想，這不是未免有點不將感謝播布在他人的心中，却去播布了憎惡，教人感到自己的罪惡之前，却先計算他人罪惡的傾向麽。

然而這或者也只是末流的話罷了，我是不希望人心中發生憎惡的。以自己力量太少和自己正當生活着的力量不够爲羞的心，我是尊敬的。這種心能够將愛叫醒，將感謝叫醒，能够起正經做事的心，起隨喜別人的幸福，悲憫別人的不幸的心。這時候，這人便決不要再用憎惡和不平和嫉妬，來苦惱自己的心。自己很正經，却從社會得到迫害，自己沒有罪，卻受着苦；然而不做一毫好事的東西，卻在那里享福。這樣想固然也難怪。但這樣想便是教這人更加苦惱的事，應該羞恥的。這樣的心，是抬高富翁的，是發起金錢萬能的思想的。這樣的人們，一旦有了錢，比現在的富翁，未必更爲高尚也一定要瞧不起窮人的。這種低級的心，不能改良現代的制度，卻鞏固現代制度的基礎，教人愈加覺得金錢的要緊，金錢的萬能的。我們如果憎惡現在的富人，便該有卽使有了錢也不學現在的富人的決心。然而許多窮人，却想學現在的富翁，想得富翁的所得，都羨慕着，這樣的不平家，我們不能靠他。而且利用這種根性，也應該羞恥的。我想現在的社會主義者，似乎有點煽動這低級的嫉妒。這雖然也難怪，但增長了這種心，這世界是決計弄不好的。到那時候，從這根性上，恐怕也不能生出比現在更美的調和。我輩不願在憎惡上做事，總想竭力的立在人類的愛的上面，做點事情。

青年　這樣說，你以爲怎麼辦纔好呢？

乞丐　我等候着立在愛的上面思索物事而且想實行他的人，就是多一個也好。我想竭點力增加這樣的人，就是多一個也好。而且想從人的心底裏改變了他們的人生觀。充滿着愛與感謝的心，這樣的心，我想在這世間，教他加多，就是多一個也好。你是做什麼事的呢？

青年　我想弄文學。

乞丐　文學！做些給嬾惰人賞識的文學，是不行的。親近了能賺錢的快樂，是不行的。利用了這世上的不合理，想有所得，是不行的。女人上也該小心。你對於女人，很有些入迷的地方哩，

青年　那里，不要緊的。我是生成的不會被女人喜歡的。

乞丐　然而倘被喜歡，便渾身酥軟的性質，應該小心呵，爲了眞理，破壞現世的法則，固然可以，然而爲了快樂是不行的。前者有能打勝現世的法則的力，後者是沒有這力的：你應該深知道這件事。爲你的將來起見，說給你聽了。總會有記起來的時候罷。

青年　多謝。

乞丐　許多人從那邊來了。那些人全是有趣的人們，但單是有趣的人們罷了。在那些人們，只有日曜日的。可是我輩也偶然愛那日曜日呢。

青年　我還有許多要請教你的事。

乞丐　我也還有許多要告訴你的事，以後總有告訴的機會罷。

（少年男女數人登場看見乞丐。乞丐女一。很熟識似的走近乞丐，略帶玩笑模樣。）

女一　先生！遇見的眞巧。

乞丐　（在女人的手上接吻，）列位，這里紹介一位新朋友罷。

（各各很熟識似的招呼。）

乞丐　這位的肚子餓了，誰有吃的東西，拿出來送給他罷。

女一　我送這個。

女二　我送這三個點心。

女三　我送這三個魚飯。

男一　我就送這一個水果。

男二　我沒有帶着什麽，去舀一杯水罷。

女一　我來削水果罷。

（青年略覺躊躇，但仍然連說「多謝，多謝，」受了食物，一樣一樣的吃。）

乞丐　列位，仍舊只是玩罷。

女一　（用了演說的調子，）誠然，然而我們是並非用了金錢買賣快樂的，我們是玩，不是獻媚，玩的時候當玩，學的時候當學，遇見的時候當遇見，要睡覺的時候當睡覺，時間與勞動萬不可賣的。都應該隨自己的意，這里就生出新的必要，這里就生出新的秩序。該高高興興的聽從這秩序，該將時間與勞動，獻與頂高的秩序。這秩序不可站在金錢的上面，不可站在憎惡的上面，該站在愛的上面，大家的幸福的上面。不可站在不公平的上面，然而應該站在身分相當的上面。我們的老師這乞丐這樣說也。（行禮。）

（都笑。）

乞丐　諸位似乎也玩的太過了。

女二　沒有的事。我們這六日間，是在家裏做事呢。我們已經決定了在這六日間決不白花一文錢呢。正想那取得時間與勞動的自由的計畫呢。我們的財產是無量數，已經有了一百十二圓五角六分五釐了。

女一　裏面的一圓五角六分，是我的針黹錢。

乞丐　佩服的很。

女一　先生也捐一點罷。

乞丐　就捐一分好麼。

女一　一分好的。（受了錢。）帳房先生，我們的財產有了一百十二圓五角七分了，記在帳上罷。

乞丐　內中的六分，是我捐的罷。

女一　唔唔，是的可是我們有一元六角二分捐給先生的。

乞丐　這種事都還記着麼。這位因爲沒有錢，正在爲難呢。

女一　這樣麼？

青年　不不，我不要。

女一　不不，你是我們的朋友。沒有錢，很不自由罷。現在奉上一元，倘不够，再可以奉送的。

青年　不不，我不要這許多。只要發一個電報到家裏，便會寄來的。（從女一取了錢）多謝。

女一　你還靠家裏養活麼？

青年　是的。

女一　你靠家裏養着，想做什麼呢。

青年　想弄文學的。

女一　文學也有種種哩。

青年　總想竭力做點正經的事業。

女一　不必爲金錢勞動的人，如果不做點正經事，眞是說不過去的。

青年　我也正這樣想。可是不知道的事太多，也很爲難。

女一　這是當然的。倘使什麼都知道，也許不能像我們這樣活着了。人的活着，都是單看見自己的力量的東西的，不能看見更在以上的東西，正是自然的意思呢。（略看乞丐）先生。（忽然向着青年，）但是你坦然？

（女一，突然取出手鎗，對準青年的胸口。青年大驚）

青年　並不坦然，並不坦然，不要取笑了。

（女一，將手鎗對着青年胸口畫一小圈。）

女一　你以爲我眞要放？

青年　不不，知道你不會放的。

女一　如果我當眞放了呢？

青年　那我就死了。算了罷，這樣玩笑。

女一　我不是玩笑呢。我要聽聽你的本心。勝於死的東西是什麼？

青年　我現在，還沒有把住勝於死的東西。現在一死，就都完了。

女一　什麼是都完了？就是說都完了，死了也一樣的。

青年　但是現在還不能死哩。你安心不開鎗，所以能够坦然的取笑，我可多少難過呢。歇了罷。

女一　我要聽一聽你的對於死的意見呢，要聽聽弄文學的人的不愁吃的人的。

青年　該做的事，我都還沒有做。現在不能死的。

女一　但只要一放，你可就死了。眞就死了呢。

青年　這是知道的，這是知道的。所以請你歇了罷。

女一　不要緊，我不放呢。（愈將手鎗描準，裝作要放模樣。）

青年　（流着油汗，）不放是知道的。歇了罷。

女一　你知道死以上的東西麼？

青年　死以上的東西，也並非沒有知道。可是死以上的東西，在現在剎那間，不能教他在這里活過來。現在一死就是白死，同被強盜殺了一樣。

女一　我，不是強盜呢。

青年　然而現在被殺，總是不滿意的。

女一　然而倘是事實，便沒有法。死這東西，不是專殺滿意於死的人的。對於死的滿意與否，全在這人的力量，死是不知道的。

青年　諸位，不要只是看着，勸他歇了罷。

女一　我要歇的時候就會歇，要放的時候就會放呢。

青年　你竟在那里拿我做玩具麼？

女一　你因此不服麼？

青年　你不覺得取笑的太凶麼？

女一　既這樣說，便問你什麼時候纔可以死？

青年　過了九十歲，老衰的時候，要做的事，都做了之後。

女一　還有。

青年　別的死法都是無理的。然而到了活着却是恥辱的時候，也許情願死；愛來要求死的時候，也許情願死；不是否定了眞理便不能活的時候，也許情願死。但這樣的眞理，還沒有切切實實的把住呢。總而言之，現在的死是不願的現在一死，是難堪的。

女一　爲甚麼難堪的？

青年　就因爲什麼事都還沒有做。

女一　無論做了沒有，死了就一樣了。

青年　可是活的時候，這樣是不行，——生成是不行的。從不知道什麼，受過「在這世間做了該做的事來」的命令的。所以若不能得到已經做了該做的事的感，人就要煩悶的。男人大抵是這樣。

女一　女人呢？

青年　女人的事，我不知道。總之歇了罷。

男一　夠了。歇了罷。

女一　（歇手，纔笑着說）請你不要見怪。這不是眞手鎗，是玩具的手鎗呢。做的不眞像麼？

青年　（用袖子拭汗，苦笑着。）眞眞喫嚇了。拿着這樣東西做什麼的。

女一　我們想串一點外行人戲劇，所以拿來的。

青年　要演劇麼。在那里？

女一　就在這里。並且想請先生看的。

青年　我也可以看麼。

女一　好好，也請你看。是一點很短的戲。

青年　這手鎗是你用的麼？

女一　是的，就像剛纔這樣用的。你怕？

青年　已經知道是玩具，不妨事了。

女一　其實並非玩具呢。那邊有一個雀子，打給你看罷。(裝彈。)

男一　算了罷。

女一　若非神之意旨，則一雀亦不死。(放鎗，雀子落下。)

青年　你剛纔說的話，我最犯厭。

女一　何以？

青年　因爲照這話說去，那殺人戰爭虐殺這些事，便都只是神的意旨了。我幼小的時候，曾以爲不是神意便是螞蟻也未必死；死的螞蟻，都是應該死的。便用石頭去砸螞蟻，砸了一看，螞蟻死了；許多螞蟻，一個也不留的死了。自己卻以爲行了神意，仿彿小惡魔的居心呢。但以後却也不很舒服了。總之虐殺之後，却以爲因爲神的意志那個東西是本有被虐殺的資格的：這般想是不了的。

女一　你是人罷。

青年　你不是這個是甚麼？你對於我的話有些不服麼？

女一　沒有什麼不服。因爲第三者不喜歡看見虐殺的脾氣，是神造的。

青年　(看着手鎗)你是說謊的。剛纔不說是玩具麼。

女一　因爲說是玩具，你就放心了。人是受了騙，却會放心會高興着的。對着沒有聽眞事情的資格的人，說些眞事情試試罷，他便用謊包裹了；做成了容易中意的東西了。就是佛教耶穌教罷，遇着末世的教徒，也就同遇着了貴顯紳士的嘴一般，都包了謊。能做的巧，這謊還要同珠子一般貴的。我們遇到了不很便當的眞理，也便含胡一點，教他容易活着呢。這樣的反通行，那就是現世還站在虛僞上面，弄到免不了革命的。

青年　實在是的。演劇在什麼時候開手呢？

女一　就開手罷。

男一　開手罷。

男二　開手罷。

青年　著作的是誰？

男一　是我。很無聊的。

女一　（畫一條線）這里算舞臺罷。我來開場。諸君，到脚色出臺爲止，都先進去罷。（女三和別人都退場。女一立在中央）諸君，我們在這里演一折戲請諸君看。有趣麼，沒有趣麼，我們不很知道。在諸君的心裏，有響應麼，沒有影響麼，也不知道的。只是我們想做這樣的東西，所以做了。覺得無謂的，請不必看；要看的就看。也沒有定出什麼題目。時間和地方，也沒有一定的。演劇便開始了。我算是一個美人，美到使一個男子失戀之後，至於自殺的。現在是這樣的美人，一個人跑出了家，正在樹林裏行走呢。（巡行。）

青年　（對女三，）你呢？

女三　我是扮看客的。

（男一登場。）

男一　你在這里麼？

女一　唔，在這里呢。什麼事。

男一　事是沒有。可是他們都着急呢。

女一　所以你來搜尋的麼？

男一　是的。

女一　你也着急？

男一　我也着急了。心裏想，莫非竟發了瘋了。

女一　我發瘋倒沒有。

男一　你整天的拿着手鎗罷。

女一　不，我沒有拿着這樣的東西。

男一　可是都因此着急呢。

女一　怕我自殺麼？

男一　他戳死之後。

女一　我，沒有想着他的事呢。誰來想死人的事。

男一　但死人這東西，是有魔力的。

女一　活人的眼睛裏，就沒有魔力麼？我是活着的。然而竟有中了我的魔力的男人呢，很可笑的男人。

男一　你說這男人就是我麼？你的事，我早沒有想了。

女一　還是眞的？那人戰死的時候，我以爲心裏歡喜他戰死的，這世上竟有一個人呢。

男一　我像這樣的人麼？

女一　如果你是正經人呵。

男一　請原諒罷。

女一　我也不說這事是應該見怪，然而教惡魔喜歡是不行的。他爲什麼死了，爲戰爭罷，何以不能不出去戰爭呢？因爲是兵，因爲有

了長官的命令，因爲體格好，因爲不是近視眼像你一樣罷。你沒有死，他却死了。你的戀愛的敵人，你的事業的敵人，而且總是對於你的勝利者，你的好友，是死了。雖說好友，冷淡的凶呢。他死了的時候，你也哭了，我並不說是假淚。但那人爲什麼死了？世上沒有願意他死的人麼？你告訴我罷。

男一　我的心，你是知道的。

女一　呸，那邊去。不要跟着我。你該有別的事罷。你以爲那人失掉的東西，都能自己得到麼？那邊去。不去就是這個。（出手槍對着。）

男一　仍舊，你拿着手槍。你想自殺。

女一　你怕這手槍打死我之前，還有尤其可怕的東西，你知道？

男一　不知道。

女一　你纔是發了瘋呢。這手槍現在是要誰的命？（顯出開槍模樣。）

男一　你不打我。

女一　以爲不打麽？

男一　給我手槍。

女一　不怕麽？

男一　（跪下。）給我手槍。你死了是不行的。

女一　你却可以死麽？

男一　我曾經願意好友死掉的。

女一　爲誰？

男一　爲你。

女一　再這樣說，須不教你活着呵。說這樣話，自己羞罷。

男一　教我怎樣纔好呢。

女一　忘記了我。

男一　不能。

女一　不能？再說一句看。

男一　不能。

女一　你是不要臉的賣朋友的人。

男一　任憑怎麽說罷。

（女一趕快藏了手槍。）

女一　站起來。妹子來了。我什麼都不願意教妹子知道。

（女二登場）

女二　姊姊在這里？父親和母親，都着急呢。快回去罷。

女一　我就回去，你先走。只要說已經尋到我，請放心罷。

女二　姊姊，你拿着手槍罷？就先將手槍給了我。

女一　即使給了手槍，只要想死，隨便那里都可以死呢。我可是不死的。不是被殺不是生病，我是不死的。放心去罷。我拿着手槍只是

護身，因爲這里會有虎狼呢。

女二　這樣地方沒有虎狼的。

女一　虎狼是無論那里都有。到了年紀，虎狼會變了男人進來的。到這時候，倘不知道人和狼的分別，那就險極了。

女二　姊姊，當眞回去罷。

女一　你知道爲什麼有戰爭麼？我呢，就因防着戰爭時候，所以拿手槍走的。我是打鎗的好手，打下那邊的雀子給你看罷，

女二　算了罷。可憐相的。

女一　在這世間，用可憐這句話，是不行的。用快意這一句話罷。人被殺了，快意呵。兒子死

了，快意呵。丈夫故了，快意呵。自戕了，快意呵。遭了雷死了，快意呵。倘沒有這樣的脾氣，在這世間是活不下去的。

女二　可是。

女一　還說可憐麽？謊呵，謊呵。覺得可憐，只是撒謊罷了。一日裏要死掉幾萬人，我們眞覺到可憐麽？怕未必比自己養着的小鳥兒死了，看得更重罷。可憐的話，只是口頭罷了。因爲還有聽到自己的好友死了，倒反高興的人呢。

女二　這樣的人，也未必有罷。

女一　如果竟有這人是人呢，還是禽獸？

女二　這人，不是人了。

女一　可是這樣的却是人呢。人的裏面，伏着這樣的根性呢。活人是可怕的，是靠不住的。擺着聖人面孔的人，教他對了女人住一兩日看罷。對你說這些話還太早。不乾淨的也不只是男人呢。那邊去罷。這里不是人們停留的地方。

女二　姊姊回去，我就也回去。

女一　不回去麽？你無論如何不回去麽？

女二　嚇人呵。顯出這樣面孔來。

女一　怕就回去。

女二　一個人不去的。

女一　不去麼，一個人便是這樣，也還要在這里麼？（將手槍對着女二）

女二　姊姊，饒了，饒了罷。

女一　那就回去。那人死了之後，我容易生氣了。

男子　還是回去好罷。阿姊的事，有我在這里，放心回去罷。

女二　是了，這就回去。（退場）

女一　你也回去。要不，就是這個。

男一　我相信你的，你不會殺掉我。

女一　說不殺的麼？

男一　唔唔。

女一　你不怕死？

男一　也難說。

女一　我以爲你應該怕死纔是，因爲你的心願已經滿了一層了。你也曾有想死的時候罷。但在那時候，你還是咬住了所做的事沒有放。到現在却想死，眞有點太不掙氣呢。

男一　我對於他，其實並沒有如你意料這般冷淡。我是愛他的。和他談到出神的時候，時常落淚的。說我免不了有點「倘若他能死了」的意思，固然不能否定。但其實還是願他活着的意思居多呢。你以前說他做事總勝過我，我也不想爭辯。但就做事一面說，却願意他活着。老實說，在做事這一面，我卻並不如你所料，覺得他可怕呢。

女一　不要對着故去的人，說這樣話罷。對着那樣的心的廣大清淨的人，說出這些話，該自己羞的。（大哭）

男一　不要見怪，不要見怪。我並不想侮朋友也並不說那人是一個比不上我的人。

（女一默着，將紙片遞與男人，又哭。男一讀了紙片也哭。）

女一　喂，羞罷。他是人，你是畜生了。

男一　（全被折服）聽憑怎樣說罷。我算是罪人，站在他的面前。他究竟是出我意料之外的好人。

女一　他說死了纔可以看。他說未死之前看了，是不行的。這是祕密的。他出去戰爭，並沒有豫備戰死，很希望用不着這封遺書。但你想，我在什麼時候開了這遺書呢？他出門不到三日，我就小心着用了看不出暗地開過的方法，悄悄的開看了。彷彿因爲和別的女人有了關係，在裏面謝罪的書信似的。我覺是怎麼一個卑鄙的人呢？我沒有料到他尊敬你到這地步。他固然常常稱讚你的。但不料有這樣尊敬你，也想不到這樣的愛的。我曾對丈夫說，願他不去戰爭，卻是你去纔好。

那時候，他毫不爲意的說，『我去戰爭，他留着，也是天的意志罷。可是比我不堪的東西，還多着呢！』我當時雖覺得這話奇怪，却也就忘記了。自從看了這封遺書之後，我纔詛咒着，再看你的信，也看他的。女人是何等淺見，何等可怕的東西呵。還只是我一個人可怕呢？我想還是不看的好了。老實說，我在他活着的時候，已經以爲你比他似乎偉大，覺得你的愛也彷彿比他的深。自己疑心我對於他的愛，或者因爲他的相貌，他的門第，他的名譽了。然而他一死，我纔知道他的可貴。他是一個萬不可不願他活着的人，知道他

是我的最要緊的人了。我纔眞明白他的愛了。我眞想要跪在他的面前，我並且自己覺得是罪人了。賤呵，賤呵。我於是覺得不得不跪在他的面前了。我從此常常夢見那人，我並且從心底裏哭了。我揪住他說，死了是不行的，是不行的，怎的便死了呢。他並不願意死，他自己這樣說的，說是並不願意死的。但在這世界，說這樣話是不行的罷，誰也總是要死的呢。不知道何以活着，實在寒心。就是用這一粒小彈子，人也容容易易的死掉呢。爲什麼活着的？我什麼也不知道。單願意那人活着，而且看着我笑，說是不要哭了我活

着呢。我忘不了他。你能忘却，我是忘不了的。何以活的人一定要死，你知道麽，人間眞是無聊，同蟲子一樣。神的意思是以爲人和蟲子是同格的罷，一定是的。我也有點煩厭這活着的事了。

男一　人應該活的。

女一　何以，何以，何以？

男一　你死是不行的。

女一　何以，何以，何以他卻可以死？

男一　他死也不行的，但是。

女一　但是沒有法，算了麽？算了。人死了就算了。這樣的人死了都算了，——從心底裏愛看我，愛著衆人，想爲人類做些好事情的人？算了是不能的。

男一　還是到他們那邊去罷，他們都正在着急。不覺得對不起人麽？

女一　他受了重傷，說是苦了兩晝夜呢。臨死的時候，並且叫了我的名字的。我可什麽都沒有知道，還和妹子閒談呢。我，（哭）什麽也不知道了。

（男二登場。）

男二　哥哥。

男一　什麽？

男二　你的朋友來了。

男一　嗄。教他等一會。

男二　說有要緊事，就要回去的。

男一　嗄。

男二　你就來罷。

男一　既這樣，我就失陪一刻罷。

女一　不來也可以了。

男一　我就來。離這裏很近的。

（男一男二退場。女一走近看客方面。略在以前，女三向乞丐說些話，乞丐微笑。女一略看男一的後影，仍然啜泣。）

女一　唉唉，厭了，厭了。

（乞丐，走近女一。）

乞丐　你爲什麼哭着的？

女一　……

乞丐　你的戀人，死在戰爭裏了罷。做了死掉幾萬人中的一個了罷。

女一　你怎麼知道的。唉唉，你偷聽了罷。

乞丐　大略是的。我是睡在這樹陰下的，聽到了你們講話的聲音。像做夢一樣，忽然醒來，却見你拿着手槍，正做壯士演劇模樣的事，因此着急，再也睡不着了，並不故意要聽的聽了的叨光養了精神了。

女一　爲什麼到這里來？對我有什麼事？

乞丐　就因爲你哭着。我想我走來談談閒天，或者可以消遣一點。

女一　讓我一個人在這里罷。

乞丐　不不，你一個人想不出什麼好事。

女一　同你講話，就能想着好事麼？

乞丐　許能想着的。

女一　（注視乞丐的臉，）戰爭爲着什麼，你知道？

乞丐　因爲貪慾和壞脾氣和嫉妬和剛愎的諸公，都挨靠了住着，所以不了的。

女一　爲戰爭死去的人，是爲什麼死的？

乞丐　爲什麼？沒有這等事。

女一　少壯的，苦苦的死了有什麼用？

乞丐　別的也沒有什麼。說是爲死的苦，爲活的苦就是罷。但一死也就完了。

女一　他能够超生麼？

乞丐　死了都一樣。

女一　不願意死的罷，他是。

乞丐　不願死的時候，是不願死的罷。苦的時候，是苦的罷。可是消失了苦，就換了死了。

女一　一秒的苦痛倘且受不住，却說是苦了兩晝夜呢。多少難受呵。那時候，我還悠然的毫不知道呢。

乞丐　肉體的苦痛，不傳給別人的肉體，是大可感謝的事哩。

女一　但也因此有了殺人的事。還有甚麼比肉體的苦痛更討厭的呢。

乞丐　……

女一　便是他，對於十字架的苦痛，也還是忍耐不慣的呵。我是受一點輕傷都要哭的，痛呀痛呀的叫着。所以我不願死，連想也不願想的。然而他……

乞丐　人們遇到事實，沒有法子，願不願都沒有法子。

女一　人這個東西，多少不行呵。自己也以爲不要死是不爭氣呢。人看死掉這件事，不能坦然，是不行的。

乞丐　這也不然。人應該總願意活着，一有隙，便踏破了死，一直進去的。

女一　可是人們總須死掉呢。我，不願意看見骸骨；然而我，要變骸骨的。可是人是可笑的東西呵。竟有拼命的愛着這個我的人，將我當作『不滅的人』的人呢。自然是惡作劇的東西罷。什麼父母愛子，男人愛女人，甚麼要活着，不願意死掉，要吃美味的東西，要穿好看的東西，要長的美，都是可笑的本能，自然的惡作劇罷了。這樣小蟲，做夢似的亂爬着爲什麼。這樣小蟲也要活罷，也怕死罷。有一時候，這蟲便遇到異性罷。多可笑呢，這樣的蟲。這樣的殺了，這蟲也便結果了罷。人們也一樣，只是會想些無謂的事，有點不同罷了。蟲子也許會想，但自己的生活是錯着呢，是沒有錯着呢，却沒有想罷。自己一生的無意味，許沒有想罷。便是伙伴被殺了，自己的子女被殺了，自己的男人失掉了，也都坦然罷。而且便卽刻尋一個別的男的罷，這種蟲豸是。

乞丐　剛纔在這里的人，你不愛麽？

女一　問這事做什麽？

乞丐　愛着罷？

女一　你多少失禮呵。

乞丐　失禮就請原諒。

女一　得了我的愛便都要死的。說是怨鬼纏着我，這全是胡說罷。可是也說有戀着我，竟至死了的人呢。說要殺掉了爲我所愛的人呢。我聽到這事的時候，說請你殺罷，心裏說。那有這樣的事呢？沒有的罷，可是也許會有呢。我，自己怕哩。

乞丐　沒有的事。

女一　沒有罷。但你知道？眞知道麽？也許是偶然的事，可是他竟死了。我還能行若無事麽？

乞丐　偶然罷了，暗合罷了。

女一　却是一個犯忌的暗合哩。我，願意死，但也還想活呢。

乞丐　那便活着就是了。

女一　可是也怕活着。我殺了兩個男人了，雖然說並非我的罪。就是爲我自殺的人，我也並沒有翻弄了這人的心。這人只是自己戀着我，寄了幾次書信罷了。雖說我並不回答，便和那人訂了婚，也不能算是我的罪罷。雖說和那人高高興興的走着的時候，給這人看見了，也不能算是我的罪罷。這人恨了我，給我最後的書信，死了的時候，我是發怒的，是嘲笑的。到後來，每在夢裏遇着這人，我便不願意活着。我怕這人到這地步了，還對這人謝罪呢。但到醒來，却又嘲笑這人，說你要殺掉我最愛的人麼，請你殺殺看呢。還相信有怨鬼，我很以爲恥的。然而說是不纏我，却要纏着做我丈夫的人，那人究竟死了呢。這事和那件事，我自然也以爲全不相干的。可是一件犯忌的暗合哩。況且還有「有兩次便有三次」的話。我雖然說沒有罪，卻也可以說是我殺了兩個男人。倘若第三個也死了，即使單是暗合，和我全無關係，也很難堪的。那時我便成了被詛咒的人，連辯解都不能成立了。

乞丐　你的心緒我很明白。

女一　我怎麼辦纔好呢？我全不知道了。我也覺得我的迷信是傻氣；覺得歸在運命交給我的男人的手中，或者就是我的運命。但這樣一想便覺得害怕。然而要放下這事，却又有點留戀了。到現在，甚而至於以爲要避掉運命所給與的東西，是不行的事。可是這也許就是向着可怕的運命，走進一步呢。不能放下一邊，也不能走進一邊。也想活着，對了詛咒，嘲笑他一番；也想死了，對着興旺的人的運命，祝福他一番呢。你以爲那一邊是對的？但你如果說出那一邊對，我是要反對的。（少停。）你不知道罷，誰也不知道的。要在從前，有做比丘尼這一條路。可是我，做比丘尼是不肯的。我也想放下了那人的事，也想那人嫌憎我，但是，這也是謊罷了。我大約用情太過罷。

乞丐　（突然說，）你的令妹是一個美麗的人哩。

女一　還是孩子罷。是蓓蕾呢。

乞丐　不不，不是快開的花了。你的令妹也愛那人罷。

女一　沒有這回事。

乞丐　令妹和那人是有做夫婦的運命的。

女一　沒有的事，沒有的事。

乞丐　如果竟有，你喜歡麼？

女一　喜歡的，爲兩人計，如果竟是有。但是不會有的。

乞丐　兩人的幸福能救了你。

女一　說兩人的幸福能救我麼？

乞丐　你嫉妬兩人的幸福麼？像那自殺的男人一樣。

女一　現在，不要提那男人的事了。爲什麼有戀愛的？如果單爲了生孩子，戀愛是太闊氣了，也太不經濟了；只要情慾就滿够了。無論什麼男人都會生孩子的，定要執著了一個男人一個女人，不是笑話麼。但已經生成了，

也是沒有法的。然而又要放下這戀愛，不是笑話麼？倘使一邊不願意，那自然是沒法。然而我是被詛呪的人呢，不能說闊氣的事的。都很闊氣的生了來，這世上的種種事情，却總不能如意的罷。倘使如意，便不是這世上罷。這世界也太狹罷，倘爲那要活著的種種東西設法。

乞丐　是的。所以孔子要貴禮。

女一　我，什麼禮是煩厭的。然而在這世上，誰也該顧慮些就是了，從前那人是顧慮的。至於現在，倘使你的話當眞，那就是妹子或是我。妹子是慣會顧慮的；便是戀愛正燒着，也

還是顧慮，和我正相反的。顧慮呢，戰鬬呢？戰鬬起來，我一定得勝，妹子會很容易的罷休的，卽使你的話都對。但也很願意教伊喜歡呢。（少停。）如果我沒有被詛咒。（少停。）什麼嫉妬，不是更其可笑的事麼。

乞丐　令妹來了。

（女二登場。乞丐又做了看客。）

女一　你又來了麼？

女二　本來母親要來的，忽然來了客了。便教我再來看看。愁的很呢。你不要生氣呵。

女一　給我看你的臉。你竟成了大人了。

女二　我，已經十八歲哩。

女一　你長的這樣好看，倒是沒有料到的。

女二　我，沒有什麼好看呵。

女一　你還沒有覺到自己的好看呢。正以爲你是孩子，却已到了年紀了，眞是可笑的東西呵。什麼時候，誰也沒有留心，你已經成了大人了。

女二　這樣看法，怕人呢。

女一　我的眼睛可怕麼？我的臉可怕麼？我的心可怕麼？自然已經允許你牽引男人的心了。竭力的捉住高貴的男人的心罷。你一定喜歡着自己的美麗起來罷，在心底裏；而且有種種空想罷，快樂的。

女二　我，淒涼呢。快樂的空想，沒有允許我的。姊姊，不要捨掉我罷。我似乎感到這世界上，成了單身了。

女一　感到點「不為愛人所愛」罷。你在那里羨慕我罷。心裏想，如果有我這樣的性質，我這樣的美，像我這樣的人。

女二　是的，這樣想的。

女一　而且也想，如果像我一樣，為戀着的人所愛罷？你眼睛溼了呢。你小心緊閉着的心的門，隱隱的有歡喜的使者來訪了。給他開門罷，開一點，謹慎着。

女二　姊姊也哭着呢。

女一　歡喜正等候着你呢。

女二　姊姊，不要捨掉我罷。

女一　你却要捨掉我哩。

女二　那有這事呢？姊姊不要哭。

女一　我沒有哭。笑着呢。只是你不在那里哭麼？

女二　我，姊姊是頂要緊的，你不要死。

女一　我如果死了，你該歡喜罷。

女二　說是什麼？

女一　倘使我是你。

女二　姊姊的話，我不懂呢。

女一　歡喜的使者，要來訪我的心的。看見開着的我的心，躊躇了，去訪你的心了。你的心雖然很謹愼的關着，在裏面卻預備的很美備，歡喜的使者便停在你的面前了，靜靜的叩你們。

女二　姊姊的話，我不懂呢。

女一　你的門不要關的太緊罷，不要關出了歡喜的使者罷。顧慮是無用的；對我顧慮，尤其無用的。進了我的裏面，這歡喜要變悲哀的。只有在你的裏面，這歡喜是合式的。你有福氣。不要忘了這姊姊的事罷。

女二　姊姊的話，我不懂呢。

女一　可是很舒服的在心裏響應罷。你一面顧慮一面等候着的幸福，或者擄到自己這里來的希望，已經醒了罷。你眞美呢。我很願意看到你身體的少壯上，受着歡喜的光的時候呢。不知多少光彩哩。送給你這簪子罷，這簪子是歡喜的使者所喜歡的。這鏡子也送你，這櫛子也送你罷。歡喜的使者，都喜歡的。

女二　姊姊的話，我一些都不懂呢。

女一　你的心底裏可是高興着罷。哪，送你這個。

女二　不曉得怎麼，有點嚇人哩。

女一　這樣不值錢的簪子，拋掉罷。這櫛子也拋掉。(棄去,)還是這個合式呢。

女二　不曉得怎麼,我有點怕哩。

女一　怕就給你這個,這該好罷。(遞與手槍。)

女二　多謝,姊姊多謝。(要取手槍。)

女一　且住,還裝着彈子呢。(開槍,)好,這就放心了。

女二　多謝,姊姊多謝。

女一　回去罷。拿了這個回去。

女二　是是,我回去。

女一　我也就回去的。

女二　還是早早的回來罷。

女一　好好。

(女二將退場,遇見男一,兩人默着行禮。女二退場,走到看客這一邊。)

男一　剛纔聽到手槍聲音,真吃嚇了。沒有什麼麼?

女一　什麼也沒有。有點事叫你罷了。

男一　可是吃了驚呢。什麼事?

女一　有想要叫你看的東西哩。

男一　是什麼?快給我看,因爲教人着急呢。

女一　你已經見過了。

男一　見過什麼?

女一　妹子長得美麗了罷。

男一　是的,長得美麗了。

女一　料不到會長到這麼美了罷。

男一　和你很相像的。

女一　是罷。雖然比起我來，是一種太有顧慮的美，可是只要看着，也就可以當作阿姊了。

男一　說要給我看的是什麼？

女一　我的處女模樣。

男一　你的處女模樣？

女一　看見了妹子，沒有這樣想，沒有留心簪子麼？

男一　沒有留心。

女一　不行的，你這人，只看着女人的臉的。我初次會見你的時候的簪子，妹子戴着呢。

男一　這是你剛纔戴着的。

女一　將這個給了妹子了，什麼都給了。

男一　這和我有什麼相干呢。

女一　手槍也給了。

男一　你預備活着了罷。

女一　活着的。

男一　多謝多謝。

女一　可是推測的太快，是不行的。我單是活着罷了，像死屍一樣。

男一　只要活着，便又……

女一　便又什麼呢？我只是作爲妹子的姊姊活着，作爲故去的丈夫的妻子活着罷了。我都明明白白知道的。

男一 知道什麼？

女一 三個人的運命。

男一 怎的三個人。（少停）你誤解了。你的令妹，我毫沒有想到呢。

女一 你纔誤解哩。

男一 誤解什麼？

女一 你自己。

男一 你想錯了些什麼事罷。

女一 你死也可以？

男一 我已經不願意死了。

女一 也想做事麼？

男一 我現在只想着一件事。

女一 你是畜生。

男一 怎的是畜生。

女一 你如果是人，該怕運命的。人不怕運命，是不行的。

男一 我怕運命。

女一 要避被詛咒的運命麼？

男一 要避的，但是。

女一 （搶着說）想求被祝福的運命麼？

男一 求是想求的。……

女一 羞罷。

男一 死了的人，原諒我的。

女——還有一個死了的人，沒有原諒呢。

男——那樣漢子的詛咒，能算什麼呢。

女——在我的裏面，可是生了根的。

男——掘出了這根，拋掉就是了。

女——想拋掉，根却更深了。

男——忘了罷。

女——想忘却，愈加記得了，倘若那人沒有死。

男——這兩個之間，沒有關係。

女——沒有！以為沒有，却是有了。以為有的，雖然並沒有；以為沒有，却是有了呢。

男——這樣想，是可怕的事。

女——這可怕的事，已經纏住了我的運命了。你不要取了被咒的運命，却取那被祝的運命罷。這是人從自然借來的義務呢。對着運命，不要做冒險的事，這應該怕的。

男——這麼說，你又怎麼呢？

女——我麼，謹慎着，並且等候着像耶穌這樣的人出來。

男——如果不出來呢？

女——永遠等候着。不能很謹慎的等着，便自暴自棄的等着，等候那能夠修正「運命的失常」的人。

男——自暴自棄的等着，不就可以麼？

女——但來做所愛的人的運命的障害，無論

怎麼說，是不肯的。我正在這里得到救濟，所以等着的，人類都耐心等着。便是我也等着的。你看罷，那邊過來的人。

（稍在以前的時候，乞丐與女二一同隱去。）

女一　是我的妹子，那是受了運命的祝福的。很謹愼的等候着要到來的東西的。那人的臉，只在淸白人的心裏，發生光彩罷。我爲着快樂，從運命鑽了出去。那個孩子，是正經的謹愼的孩子，正等候着受了祝福的運命到來呢。那孩子是一定能生好孩子的。我等候着這事哩。

男一　你眞是空想家呵。

女一　我是仰慕着的，永遠的平和。

男一　永遠的平和，不教人類的命運失常的人們的平和，倘使這樣的時代到了。

女一　我便喜歡的跳了。

男一　你眞是空想家呵。

女一　你有力量，和現實扭結着。那人是做了犧牲了，我是被了詛咒了。妹子是有拿着感謝收取現實所給與的東西的資格的，願你得勝罷，經過了被運命祝福的路。

男一　我只有很小的力，但只要運命肯祝福我。

（女二與乞丐登場。）

女二　姊姊，叫我什麼事？

女一　我沒有叫。

女二　原來，可是這一位來通知的，說是姊姊叫了。

女一　原來，這麼的。（與乞丐照眼，）不錯，我叫了。想教你和這位做做朋友。因爲你到了年紀了，不知道各樣的事情是不行的。兩人握手罷。

女二　姊姊。

乞丐　運命失了常，還要復原。對於想要回復運命的失常的人，祝福呵。對於運命的失常的犧牲者，願有神的愛呵，願有人的愛呵。

（這時，以前的警察忽然出現，捉住乞丐。）

警察　這回逃不了啦。

乞丐　（回頭與警察照面，）哈哈，終於給捉住了。也不再逃哩。

警察　便是這麼說，也決不疎忽的。（將乞丐綑訖。）

男一　這人有什麼罪呢？

警察　這村子裏，乞丐，要飯的是禁止的。而且這乞丐，是有緝捕的命令的。

男一　命令的是誰呢？

警察　不知道是誰，從上頭來的。

男一　你知這人是怎麽樣人麽？這人也想着你們的事呢。

警察　這些事都不知道，也沒有知道的必要。只要照命令做，就好了。

男一　那命令的內容，可曾想過麽？

警察　沒有想他的必要。

男一　你的職務是什麽呢？

警察　保這世間的秩序，使良民得以安眠。

男一　給人們安眠的事，我們是尊敬的。然而這世間的秩序，是不正的。

警察　這些事和我們全不相干。

男一　你是保護着拿你做奴隸的東西哩。你爲喫飯計，揀了這職業，我們固然同情你。

警察　我不要你們同情。

男一　小心些，不要太做了站在錯誤的位置上的人類的拄杖罷。

警察　你也帶着危險思想哩。你叫什麽名字？

男一　不不，這却不必勞你着急的。可以放了這一位麽？

警察　那可不行。

乞丐　你們不必管我罷。只要有人的地方，我都喜喜歡歡的走去，在那里正有生長我的心的空地呢。我無論遇着怎樣生活，都不以爲苦的。我的法律上的罪，不見得能久累我的自由。即使久累了，我也能忍耐頭裏面有自由的。我不怕死，也看不出有怕死的必要。比我更沒有准備的幾百萬人正嘗着最苦的死呢。我能在無論怎樣的境遇上，自以爲並非不幸的人並非敗北的人這一點修養，是已經有了。我不能遇見你們和自由，是寂寞的。也許要被驅逐，離開這地方。但我不論走到那里，總該能尋出人的心罷。我感謝你們的愛，望你們成了被運命祝福的人。也願你們時時想到這乞丐，從這里尋出一點什麼美的東西來。這如果能夠給你們多少安慰，便是我的感謝了。都保重身子罷。

衆人　（帶哭的聲音，）請先生也珍重，先生也珍重。決不忘了先生的事。想到先生，定會湧出力量來的。請保重罷。

乞丐　多謝，多謝。（對警察說，）勞你久候了。

（不識者和青年之外，都要退場，青年想跟去。）

不識者　你到這里來。

（青年略躊躇，但難於跟去，便站住。）

青年　諸君，再見，再見。

男人和女人　再見，再見。珍重，珍重。（退場）

不識者　你到這里來。

青年　是是。（看着遺跡出了神，却要向反對方面退去）（幕。）

——一六，五，十二——二十。——

第三幕

第一場　（同上）。

（四十五六歲的畫家正在作畫。青年與不識者一同登場。）

青年　你不是B君麼？

畫家　是的，我是B。

青年　原來竟是B君，正想見一見面呢。

畫家　你是誰呢？

青年　我叫A。

畫家　就是做小說這一位麼？

青年　做是做的。

畫家　原來，我也正想見一見哩。

青年　你知道我的名字麼？

畫家　豈但知道，大作的書，都極喜歡看的，

青年　這當眞麼？

畫家　沒有假。這里就有你的書呢。（從懷中取出書來給青年看。）

青年　承你看了麼？

畫家　而且很佩服的看了。

青年　這怕未必罷，這樣無聊的東西。

畫家　那里。很佩服的看着呢。這書的裏面，確有好的東西的。失禮的很，請問幾歲了。

青年　二十四了。二十四歲還只能做這樣的東西，很幼稚的。

畫家　你不是被誰說了幼稚，曾經生氣麼？

青年　這是對於這個人所謂幼稚的內容，有些不服氣罷了。倘若說「有些好的地方，也還有幼稚的地方：此人的未來，因此還有希望，」我便沒有什麼不服。然而却用了無望的口氣呢。

畫家　你的裏面，的確有好的東西。這東西長成之後，我想對於人類，你的著作不會無意義的。

青年　請不要說這樣可怕的話。但只要力量能做的事，是想做的。

畫家　下了一定成個氣候的決心做去罷。下了自己不出來別人做不了的決心做去罷。

青年　看你的畫，便很能覺到這意思。你不是也被人說過壞話麼。

畫家　還說着哩。但是，我相信自己的力量。知道我的事業，是將人類和運命打成一氣的事。知道我是畫家。我將美留在這世上。我教那在我畫裏感到我的精神的人的精神清淨，而且增加勇氣，而且給他慰安。我的美，我以為有這樣力量。

青年　這是確乎有這樣力量。有你生在這世上，我很感謝的。這次看見你作畫，實在高興的了不得呢。我的朋友，也都從你的畫得了力量。人類能够有你，都誇耀感謝着的。

畫家　你也能成這樣的人哩，只要打定主意。

青年　請不要說這樣可怕的事罷。我就要不知道怎樣纔好了。

畫家　你已經抓到了自己的路，對着進去罷。什麼也不怕的，單跟自己的良心進去罷。走邪路的所不知道的正確的路，你耐心着走罷。

青年　多謝。你對於這回的戰爭，什麼意見呢？

畫家　戰爭？請你不要提什麼戰爭的事。這和我的事業有什麼相干呢？我只要做我的事就好了。他們是他們。人類教我為人類作畫，教我為活着的以及此後生來的人的魂靈作畫，却沒有教我研究戰爭。

青年　但是令郎……

畫家　請你不要說起兒子的事。兒子是兒子，我是我。兒子死在戰爭裏了，我却活着，——這樣活著呢。活着的時候無論別人怎麼說，畫筆是不肯放下的。

青年　聽說令郎是一位很聰明的人呢。

畫家　聰明也罷，胡塗也罷，死了的是死了。活着的可是不能不做活着的事。(少停)其實這本書便是兒子的書，兒子極歡喜看你的著作的。

青年　這實在是不幸的事。出了無可挽救的事了，想來府上都很悲痛罷。

畫家　他的母親還一時發了狂，因爲失了獨養兒子呢。我可是沒有失了氣力看這畫罷，有衰滅了力量的地方麼？便是一點。

青年　一點也沒有。

畫家　是罷。失了兒子是悲慘的事，你們少年

人不能知道的悲慘的事的。然而我並沒有敗。我活着的時候，總不肯死的。卽使有熱望我倒斃的東西，也不能使這東西滿足的。卽使我廢了作畫，兒子也不再還魂了。

青年　戰爭眞是不得了呵。

畫家　(發怒模樣，)世間悲慘事儘多着呢。我可是只要作畫就好了。

青年　如果到了你不能作畫的時候呢？

畫家　那時候又是那時候。但還在能畫的時候，是要畫的。

青年　不想去掉戰爭麼？

畫家　如果能去呢。然而畫筆是不放的。因爲

我是靠着這個和自然說話，和人類說話的哩，精神的。

青年　作畫以外，不想做別的事麼？

畫家　我是畫家呵。並非社會改良家。是生成這樣的人呵。

青年　對於現世，沒有什麼不平麼？

畫家　不平？沒有不平。只有點不安罷了。我的畫裏沒有顯出這個麼？從不安發出來的人類的愛？

青年　單是作畫，沒有覺得什麼不足麼？

畫家　你以為我並非畫家麼？我不是無情的人。然而是畫家。然而人卻是人呢。倘不能讀我的精神，便不懂我的畫。你單想會見我的聲名罷了。在正合謬誤的定評的人裏，搜尋正合定評的人，無論到那里，都尋不出的。

青年　我真實愛你的畫，請不要疑心罷。

畫家　你單愛着活在你的裏面的歪斜的我罷了，沒有愛着真的我。

青年　但是一看你的畫，真覺得便觸着你的精神哩。

畫家　知道我的精神的，不會對我說兒子的事。

青年　冒犯得很，實在失禮了。（沉默。）

畫家　你愛我的兒子麼？

青年　是的。聽說的是一位好人。

畫家　單是這樣麼？不不，我並不說單是這樣，就不服了。那孩子是做了可哀的事，做了可惜的事。但是活着好呢，死掉好呢，在死了的人，都不知道了。全是一樣的事。因為自然是再不虐待死了的人的。而且想做不朽事業的執着，自然也並沒有賦給死了的人的。我們活着，所以要做的事沒有做，便覺得過不去；可是死了的人，未必再想這樣事情罷。老實說，我實在不想他死。只要是父母，誰都望孩子回來的。畫了畫，孩子也不來看了。我想如果孩子叫一聲阿爹，竟回來了呵。（含淚。）

請不要見笑。我並不想說酸心話。失了孩子的人們，不知道有多少，對於這樣的人們，表同情罷了。無論怎樣傷心，我總要做自己的事。胸口愈漲，也便愈要畫。畫算什麼？惡魔這樣說；生存算什麼呢？惡魔這樣說。我為兒子設想，也願意這是事實哩。然而在活着的人。可是不同了。我是將我的心，活在這里的。在看畫的人的心裏活着，使看畫的人活着，所以將這畫送給人類的。送給寂寞的人的心，以及對於生存懷着不安的人們，對於生存懷着歡喜的人們的。我受了做這樣贈品的命令，因此辛苦了二十多年了，畫筆是不肯放下的。

青年　請不要放下罷。

畫家　不放。任憑誰怎樣說，總不放的。教我活着，將我放在能畫的境遇裏，便不能教我不作畫。就是釋迦耶穌來禁止了，出了 Savonarola（譯者案十五世紀時意大利的改革家）來燒棄了，我也有確信的。人類希望着。卽使不爲現世，也爲人類。人類所要求的，不單是爲現世做事的人，是要求各樣的人的。我也是被要求的一個人，我不疑惑的。

青年　你眞是幸福的人呵。

畫家　我幸福麼？所謂幸福，是怎樣一回事？是死了孩子，還會作畫的事麼？

青年　就因爲你能畫出眞爲人類有功效的畫。

畫家　認眞的比隨便的幸福麼？我的臉有點幸福麼？

青年　我以爲 Rembrandt（譯者案十七世紀荷蘭畫家）是幸福的人。

畫家　從第三者看來罷了。人在心裏苦着的，是幸福麼？

青年　但也有辛苦的功效呢。

畫家　然則立刻感到辛苦的，比將辛苦含糊過去的還幸福了。

青年　你不是幸福麼？

畫家　幸福？我生來成了畫家，並不以爲不幸。我生成是天才，所以比別人多嘗些過度的緊張，也不以爲不幸，我也有感謝的地方。但到現在，知道了人在自然之前，是平等的，做了不朽的事業沒有，都一樣的。

青年　可是受一世輕蔑也難堪的呵。

畫家　不然，無論怎樣天才，都受一世輕蔑。

青年　然而一面也被崇拜哩。

畫家　不然，無論怎樣癡人，總有一面崇拜。

青年　這樣事……

畫家　但事實確是這樣。

青年　然而存活着，對於自己的事業有確信，用了自己的事業存活自己的人，是幸福的。

畫家　用自己的事業存活自己的人，這是幸福的。我的兒子，可是爲了別人的事，殺了自己了。但到現在，在我的兒子都一樣，固然無疑了。然而活着的時候，他也想做點什麼事的：然而什麼也沒有做的死掉了。但到現在，也都一樣了。

青年　照這樣說，譬如令郎活着的時候，有人說令郎活着或死了都一樣，便要殺了他，你又怎麼辦呢？

畫家　如果兒子活着呢。然而兒子並不活着

了。你眞是很凶的觸着了我的傷，觸了這有了年紀的我的傷。

青年　請原諒罷，請原諒罷。

畫家　一死之後便一樣了；但在活着的人，却不一樣：這是自然的意思。所謂美哪，所謂魂哪，也是如此，一切都如此。我們決不能教死了的人喜歡或悲傷了。我常常想到兒子的事，覺得可憐。我想他受了傷，亂跳的時候，不知道怎樣苦痛呢。臨終的時候，不知道怎樣口渴呢。我憾不得我的妻子親手給他水喝；臨死時候，憾不得親在身旁。一樣了，一樣了，到了現在，都是一樣的了。然而究竟有些遺憾，可也沒有法。我想要對着兒子認錯，却不知道怎樣認纔好。兒子同你差不多年紀，倘使見了你，一定高興的。可是已經死了。一死之後便一樣了。像我這樣人，是沒有記念兒子的資格的了。兒子也沒有要我記念的必要了。兒子是死了，然而我們却活着。即使寂寞，即使怎樣，總是活着的。以後大約就會漸漸的不再想到兒子罷。我也就會死去罷。畫些畫做什麽？（用力敲着圖畫。）然而我是畫家，我是活着的。然而兒子是不會還魂了。

（哭，沈默，忽然抬頭。）

畫家　我雖說是哭，卻請你不要見笑。沒有失掉過孩子的人，不能知道我的心。我也知道遇到像我一般的事的人們，不下幾萬幾十萬呢。然而我總不能不記得自己的兒子。這樣的遭遇，人們是還不能避的。然而遇到了這樣事，要毫不介意，却很難的，像我這樣，還要算善於決絕的人。至於妻子這等，還只哭着，說我太不記得兒子，兒子可憐哩。我見了伊的臉，便要一齊哭，同時也要笑了。便覺得不肯敗北；男子的感，在胸中蘇生過來。要硬做：覺得無論怎樣想教我哭，我偏不哭，我偏不放我自己的事業。可是一個人的時候，我却哭了。當你到來之前，我實在獨自哭着的。誰也不見的流着只有喪了親生兒子的人纔能知道的眼淚。在這世上，遇到這樣事的人眞多。我自從失了兒子，纔覺得有許多人帶着病，還失了兒子呢，實在吃驚了。心裏想，他們竟還能活着哩。想要爲他們做點什麽事業了。以爲萬難忍受的事，這世上却到處都有，而且人們都不能不很謹愼的忍受。凡是笑的，可以當着衆人笑；然而哭的人，卻該躱避了，很謹愼的哭。哭喪臉是不能給人看的。我便想爲嘗着這樣感覺的人出點力。這樣的人眞多，而且我現在，也被逼進了這隊夥了。（少停。）失了孩子是可怕的事。失在戰爭上，實在更可怕。單是想也難堪的。但這却成了事實，正追襲着種種人。被襲的人不能不想盡方法照了身分，忍受這可怕的事。我不能不照畫家這樣忍受，照我這樣忍受。我現在已經被勒令忍受了。

我不想裝醜態，但很想要獨自儘量的哭哩。

青年　實在是的，實在是的。

畫家　這樣，就失陪罷。說我的兒子戰死是名譽，高興過的村長，從那邊來了。再見罷。（拿了畫想退場。）

（村長登場。）

村長　（對着畫家，）多日沒有見了。

畫家　唔唔。

村長　畫好了畫麽？給我瞻仰瞻仰罷。

畫家　我得趕緊呢。

村長　其實是我想對你講幾句話。

畫家　什麽？

村長　同你一樣的事，輪到我自己身上了。

畫家　令郎也受了徵集了麽？

村長　是的。

畫家　原來，恭喜恭喜。

村長　請不要這樣諷刺罷。父母的心是一樣的。

畫家　這纔明白了我的心麽？

村長　明白了，戰爭怕還要繼續罷。

畫家　怕要繼續呢。

村長　想起來，你實在是不幸，雖然說是為國家。

畫家　這是名譽的事呢。

村長　我也曾對着許多人，說過這是為國家，只要一想國家滅亡，我們將怎樣便送兒子去戰爭，也沒有法子這些話的。

畫家　我也是聽的一個呢。現在成了一個說的人了。

村長　送兒子出去戰爭，我也並沒有不服。可是送兒子去上戰場的人的心，十分明白了。他的祖母和母親都只是說不會死麼不會死麼的愁着。

畫家　你該早已覺悟的罷，一直從前。

村長　請你不要這樣報復罷。因為我以為我的心，只有你明白。

畫家　這是明白的，可是有點以為自作自受的意思呢。我的兒子死了，你怎麼說。不是板着一副全不管別人心情的臉孔，只說是名譽的事，是村莊的名譽，落葬儀式應該濶綽麼？我這時候，想須你自己的兒子上了戰場看纔好哩。

村長　實在難怪的。這話不能大聲說，我的兒子只有這一個像樣，別的都不成的。

畫家　我的家裏，可是只有一個兒子。

村長　是呀。戰爭這種事，趁早沒有了纔好呢。

畫家　在我呢，便是立刻沒有，也嫌遲了一點了。然而戰爭呢，自然是最好莫如沒有。

村長　爲什麼要有戰爭呵。

畫家　不是爲國家麼？你不是這樣對大家說麼？大家後來都笑着，說拉了自己的兒子去試試纔好呢。

村長　是罷。如果我的兒子出去戰爭，竟死了，大家怕要高興罷。兒子眞可憐。

畫家　別人的兒子死了，誰來留心呢。嘴裏雖說可惜，心裏卻暢快，以爲便是活着，也只是一個不成器的東西哩。

村長　唉唉，大抵如此罷。

畫家　我們大家，各不能有什麼不服的。

村長　雖然確是不得已的事，戰爭可眞眞窘煞人了。

畫家　你是主戰論者呢。曾經說過若不戰爭便是國恥的。我聽過你的演說，說是即使我們都死，也不可不戰的。

村長　那時候卻實在這樣想。

畫家　現在不這樣想麼？說是我們該爲祖國效死的我們裏面，生出例外來了。我們，但除了我家麼。

村長　這却決不是這意思。

畫家　現在的味道，牢牢記着罷。戰爭完結令郎活着回來以後，也將現在的味道，牢牢記着罷。

村長　如果兒子能夠活着回來呢……

畫家　便要終身做主戰論者麼？又會有戰爭，又會拉走的呢。我的一個相識，前回的戰爭活了命，却死在這回戰爭裏了。

村長　不要這樣嚇人呵。

畫家　我說的是眞事情。到現在，戰爭爲什麼，該已經切實明白了罷。

村長　現在，請不要這樣窘人了。

畫家　我並不因爲想報讎，纔這樣說。可是以後，你不要再說空話纔好。這村莊裏的人每去戰爭，你總是首先高興，叫着萬歲萬歲的。

村長　這單是想鼓舞他們罷了。

畫家　可是我的兒子出征時候，你發出破鑼似的聲音叫萬歲，現在還留在我的耳朵邊呢。也不是使人舒服的聲音哩。

村長　可也並沒有壞意思。

畫家　可是樣子很高興，毫不見你有一些同情呢。我並非因此便怨恨你，單覺得你那時的態度，總不免輕薄罷了。我們是不反對現在制度而活着的人，是承認現在制度的人，至少也是屈服於現在制度的人；所以這必然的結果的戰爭，也默認的，所以拖去了自己的兒子，也不得不承認的。因爲既然承認別人的兒子出去戰爭，也就不得不承認自己的兒子出去戰爭了。然而自己的兒子並不自告奮勇而拉去戰爭的事，卻不願別人代爲喜歡這是不很暢快的。到了現在，你也該明白了這意思罷。

村長　我明白了。

畫家　人情沒有什麼兩樣的。我們實在沒有趁風趁水讚美戰爭的資格。倘是自願出戰的人，自願自己的兒子出戰，眞心以爲只要爲國家，便死了也立刻非戰不可的人，或者還可以。但即使這種人，也該比戰爭尤愛平和的，況且不願自己的兒子出戰的人，却替別人和別人的兒子出戰高興，這事是斷然不對的。他們是因爲我們還沒有生活在眞平和的資格，連累的做了人犧。我們應該教不必送自己和別人和自己所愛的人去做人犧的世界，早早出現。至於什麼時候，我可不知道了。

村長　戰爭實在是早早沒有了纔好。我的兒子是很膽怯的，一匹鼠子尚且不敢殺的，而且很怕死；聽到雷聲，便變了臉色發抖呢。

畫家　就是我的兒子，也沒有豫備青青年紀便死掉哩。你的兒子，却許會凱還的。

村長　要能這樣，眞不知道多少高興哩。

畫家　我的兒子可是永遠不回來了。你說這是名譽，說是這村莊的名譽。名譽這句話，能否使我的兒子歡喜，我不知道，也不要知道；但是在現在的世間沒有法這件事，却知道的。既然承認了現在的制度，從這制度產出的東西，我便除了默認以外，也沒有別的方法。我是畫家。不知道什麼制度，我只知道將我的血，灌進畫裏去就是了。

村長　我很明白你的心。

畫家　不不，還沒有明白。要明白我的心，你的兒子也得死。

村長　我的兒子也未必有救哩。

畫家　然而也許回來的。已經死掉的和還活着的，不能一概而論呢。

村長　你想什麼時候纔會沒有戰爭。

畫家　這還早的很罷。

村長　怎麼辦纔會沒有呢。

畫家　這是我不知道，也不是我的事。總而言之，世間照現在這樣下去，戰爭不會完，犧牲者也不會完。但問怎麼辦纔好，我可不知道。

在那邊的少年只要肯想，也許能想罷，

村長　那少年。

畫家　是的。

青年　我沒有這樣力量。

（此時汽車經過，滿載着出征的軍人。汽車雖然不見，却聽到聲音，也聽到歡呼的聲音）

畫家　汽車來了。

村長　那些人也都上戰場去的哩。

畫家　搖着旗呢。

村長　喊些什麼呢。

畫家　異樣的聲音哩。

村長　孩子們都很高興的叫着萬歲似的。

畫家　我的兒子也這樣去的，可是不回來了。

村長　我的兒子，現在也正在這樣去罷。

畫家　這些裏面，該有去了不再回來的人罷。

村長　也該有回來的罷。

畫家　個個都以爲自己能回來罷。

村長　可是總覺得異樣罷。

畫家　……

村長　漸漸近來了。

畫家　那聲音，是異樣的聲音。那些人們，正對着祖國的山谷告別呢。在那些人們的眼中，這些山野，一定不是平時的情景哩。

村長　覺得異樣哩。

（沈默。畫家脫帽，合了眼，對着遠處的汽車作似乎祝福模樣。）

畫家　你沒有叫萬歲罷。

村長　沒有要叫的意思。

畫家　這一端，你和我就是朋友。我明白你的心。

村長　我眞心同情於你。

（沈默。）

畫家　竟聽不到什麽了。

村長　還留在耳邊呢。

畫家　同回村莊去罷。

村長　奉陪罷。

畫家　（對青年，）再會。

（青年恭敬默禮。畫家村長退場。）

不識者　那邊去罷。

青年　是。

—六，二六。—

第二場　（小小的神社前。）

（不識者青年登場）

不識者　你想些什麽？

青年　我的意思，有些以爲要戰的東西，便隨意自己戰去；然而將不願戰的人，都帶上戰場，是太甚的事了。各國既不教不願戰的人戰爭，到了須上戰場，立刻戰爭的時候，便誰也沒有，敵人和同人都沒有，這樣光景，正晝出在腦裏呢。而且以爲能够如此的時代倘若一到，不知道怎樣痛快哩。不願戰爭的人，各國都輕蔑他，各國都不難將他槍斃，我以爲未免有些不合理。倘使兩邊的本國都以爲正在戰爭，兩邊的軍隊却互相握手，要好，說說笑笑，停了戰爭，只是悠然的玩着的時代一到，不知道怎樣愉快哩。現在却暫時不行罷。但到了兵器更加發達，知道戰爭便必死，一面人智也更加長進，彼此明白了本心的時代一到，也就到了各各知道無意味的死是傻氣，還不如打打獵，或者開一回競技會，玩玩的時代了。我們這時代的人們，還如古人一樣，沒有眞實感到無意味的事，不合理的事，可怕的事，不像人樣的事。如果眞從心底裏感到了，大約許會想些什麼好好的避掉戰爭的方法的。這樣時代，趕快的來了纔好呢。但照現在的制度，現在人們的我執，戰爭怕未必便會停止罷。做那犧牲者，實在是難堪的。但我想，只要不從國家的立腳地看事物，却從人類的立腳地看事物，各國的風俗和習慣，在或一程度調和了，各國的利害，也在或一程度調和了，不要專拿着我執做事的時代一到，戰爭也便會自己消滅了。但在以前，不先去掉各種不合理的事，是不行的。

不識者　什麽是不合理的事？

青年　就是將人不當人的事，以及喜歡別人的不幸的事；不懷好意，因爲私慾心或恐怖，不合理的迫壓別人的事；奪了別人的獨立和自由，當作奴隸的事；用暴力壓服的事。總而言之，凡是將人當人以後便存立不住的怪物一般的東西，總須從這世間消滅了纔好。（向看客一面說）這是怎的？岡下不是來了許多人，對着我們這邊看麽？

不識者　這神社前面，現在正要演狂言（譯者按狂言是日本的一種古劇）呢。

青年　我們在這里，可以麽？

不識者　坐在那邊的樹底下看罷。

青年　有什麽事？

不識者　是這社的祭賽，因爲要紀念供在這社裏的神，對於聚在這里的兩國的人們，有怎樣的功勞，所以演這狂言的。

青年　從那邊過來的老人是誰？

不識者　那便是這里的神了。

（白髯的老人登場，坐在社前的石上。）

少頃，兩邊各現出一個異樣裝束的軍使，用了一樣的可笑的步調，走到老人面前。並未看見老人兩人照面，恭敬行禮。

軍使甲　好天氣呵。

軍使乙　眞好天氣呵。

軍使甲　足下是從敵軍過來的使者罷。

軍使乙　足下也是從敵軍過來的使者罷。

軍使甲　恰巧遇見了。

軍使乙　眞是恰巧遇見了。

軍使甲　足下爲什麼到這里來？

軍使乙　倒要問足下爲什麼到這里來？

軍使甲　足下先說。

軍使乙　還是足下先說。

軍使甲　既然這樣，還是從我先說罷。是昨天的事。

軍使乙　不錯，是昨天的事。

軍使甲　正要出戰的時候。

軍使乙　不錯，正要出戰的時候。

軍使甲　來了一個陰陽家。

軍使乙　不錯，來了一個陰陽家。

軍使甲　說要見見王，通知一件大事情。

軍使乙　不錯，不錯。

軍使甲　王說，通知我什麼事呢。

軍使乙　是如此的，全如此的。

軍使甲　陰陽家便說道，請息了這回的戰事罷。

軍使乙　不錯，不錯，一定如此、

軍使甲　哼，兩面一樣罷。

軍使乙　唔唔，兩面一樣呢。

軍使甲　足下的王怎麼說呢？

軍使乙　說是無論怎樣說，這回的戰事是不能歇的。

軍使甲　的確如此。於是陰陽家便說，既這樣，你便是死了也不妨麼？一戰便兩面的王都要死，却還能戰麼？

軍使乙　不錯，於是王說，性命是早已拚出的。

軍使甲　陰陽家說，拚了命打仗，爲什麼呢？

軍使乙　王說因爲敵人可惡，攻來了。

軍使甲　陰陽家說，倘使敵人停了戰呢？

軍使乙　王說，敵人是要進攻的。你是敵人的間諜哩。

軍使甲　陰陽家說，這樣願意死麼？這樣願意國亂，願意妻子受辱殺身麼？我是知道平和的路，纔到這里的。說完，便默默的注視那站着的將士的臉了。那眼光多少尖。

軍使乙　簡直不像這世間的人了。

軍使甲　他一個一個的指着說，你也要死的，你也要死的。

軍使乙　而且說，其中的我，還要被殘酷的虐殺哩。

軍使甲　不錯，說我也這樣。這樣一說，便是我也禁不住發抖了。

軍使乙　從來沒有遇到過這般掃興的事呵。

軍使甲　不可憐百姓們麼？成熟的田疇，蹂躪了也好麼？可憐的孩子們，成了孤兒也好麼？這樣以後，得的是誰呢？

軍使乙　大家默然了。

軍使甲　女人孩子都哭了。

軍使乙　王默默的想，陰陽家也默默的看着王的臉了。

軍使甲　王說，到了現在，非戰不可，我不怕死的。於是便要進兵了。

軍使乙　陰陽家說，倘能夠免了戰爭，兩國都很和睦的互相幫助，兩國便會太平無事的興旺罷。不希望如此麼？却還要大家相殺麼？在轉禍爲福的目前，却說不怕禍，簡直是獸話了。

軍使甲　住口！王這樣說。而且還教人捉這陰陽家。可是誰也不來捉他了。

軍使乙　拿你祭旗，王這樣說。然而一眨眼間，王的兩隻手拗上了。大家都嚷着，可是一點沒有法。你聽着，將我講的話，從心裏聽着，你這獃子！明日的早晨，太陽將你的影從東南橫到西北的時候，不要錯過的派遣一個使者，這使者呢，須選那有一戰便被殘酷的虐殺的運命的人，教他到這山上。一定也有一個使者，從敵人派遣來的。

軍使甲　正是呢。倘不然，要戰就戰罷。要拋掉你的生命，便拋了試試罷。不知道畏懼神明的東西呵。陰陽家這樣說，悠然的消失了。整頓了戰事的准備，我們的兵已經都在那山脚下。

軍使乙　而且等候着我們的回話。

軍使甲　我們怎麼回話纔好呢？

（老人起立，走近二人。）

老人　兩位，來得好。

軍使甲乙　（合）是。

老人　兩個都回去，並且說，——戰爭能免是免的好。我們想將互殺改了互助；想將相憎改了相愛；想將記讎改了記恩；罵詈改了讚揚，仇敵改了朋友。大家有錯，便改了罷。倘若發怒，便原諒罷。我們是人，都不能沒有缺點；然而有過便改了罷。倘能不戰，我們便稱你爲人民的恩人，我們的生命的救主罷。這是神明所歡喜的。如果能夠，兩國便永遠不背神明永遠傳給子孫的不要再戰罷。倘有商量，也用了平和的心商量罷，而且不要強勉做罷。我們做一個世界的和平的先驅，再不要以憎惡回報憎惡罷。——這樣說罷。看呵，太陽明晃晃了，殺氣也不升騰了。在今日裏，可以不被殺却的幸運者呵，高興着回去罷。你是能救自己和別人的使者哩。

軍使甲乙　（合，）是。

老人　那就回去，並且做個平和的使者。今天晚上，舉行那生命擴大的祝賀罷。

軍使甲乙　（合，）是。（退場。）

老人　（前進。）田疇的五穀呵，歡喜罷，你可以不被糟蹋了。百姓們歡喜罷，你們是家財和生命都可以不必失掉了。看呵，那山間升騰的殺氣突然消滅了，聽到歡喜的歌了。地呵，你可以免被人血汙染了。大氣呵，你可以免被斷末魔的叫喚傷你的心了。幾千人得救了生命，幾千妻子再得見丈夫和父親的笑臉了。歡喜着，歡喜着，可愛的人們呵。你戰爭換到了平和，死亡換到了生命了。我也免聽到斷末魔的叫聲，却聽到和解的言語；免見到憎的心，却見到愛的心了。朗然的天地呵，欣幸這平和罷。小鳥呵，你該欣幸你不必受驚了。然而誰能知道我的歡喜呢？我無限的歡喜，我歡喜到幾乎要哭呢。不要笑我流淚罷。我喜歡哩。我感謝哩。唉唉，神呵。

（老人立着默禱幕。）

—六，二，九。—

第三場 （平原。）

（青年被不識者引着登場，遇見朋友五六人。）

青年 阿，在意外的地方遇見了。

友 A麼？你以前在那里？都尋你呢。

青年 在各處走呢。你們那里去？

友 因爲有人來尋事，正要去鬧事哩。

青年 和誰鬧？

友 不是從來總是和下級學生這小子麼？

青年 下級的小子又說了不安分的話麼？

友 豈但說話，竟打了我們同級的加津了。

青年 怎的？

友 加津正說下級生的壞話，下級的小子們聽到了，便生了氣，打了。

青年 壞話誰都說，便是下級的東西，也常說我們級裏的壞話。

友 的確。便是打了加津的時候，也說我們這一級是乏人。說是你被打了，即使氣憤不過，無奈同級的小子全無用，幫不了忙，實在可憐哩。

青年　說這樣話麼？

友一　所以我們不能干休了。便在這平原上，要和下級的小子們鬧一回。

友二　我們教認錯，也不肯認。

友一　以前太忍耐，縱容到不成樣子了。

青年　下級小子眞妄呵，懲治一番纔是。

友一　你也這樣想麼？和我們一起鬧罷。

青年　你們被人打了，我能看着不動麼？

友一　你肯加入，我們便放心多了。

（這時青年忽然覺着不識者，有些出驚。）

青年　然而爭鬧總是中止的好。

友一　何以？

青年　爭鬧之後，即使勝了他，也算什麼呢？

友二　什麼是算什麼？你怎麼忽然怕事了，想到了下級的利害東西了罷？

青年　這却不然。但反對戰爭的我，在理也不能贊成鬧架。

友　鬧架不是好事，便是我們也都知道。但是中止了看罷。他們說不定要怎樣得意。這纔即使被說是乏人，我們除了默着之外，沒有別法了。

別的友　不錯，要是被說了乏人還默着，不如死的好。

青年　你們的意思是死掉都可以麼?

友二　這是男子漢的意氣能做到怎地，便只好怎麼做去。因爲不能吃一嚇便退避了。

友一　況且下級這班東西多少傲慢，假使不理論，要遇到像加津一樣的事的人，一定還有。因爲下級的小子們是結了黨的。只好現在便鬧。說些道理，已經不行了。

友二　不錯。你不願意鬧，看着就是。因爲即使我們被人打，你是決不會痛的。然而我們受了侮辱，却不能毫不介意哩。

友一　而且我們這邊，已經決定爭鬧了。現在也罷休不得。

青年　你們的意思我明白。然而我總不能頌揚鬧事。

友一　何消說呢。但不鬧也未必一定比鬧好。膽怯的不鬧，也不是好事。

別的友　(合)不錯不錯。

友三　你不贊成全級的決議麼?

青年　我以爲對於爭鬧這件事，還有應該子細想想的地方。

友一　沒有工夫了。也沒有想的必要。現就有男子受不住的侮辱哩。朋友被人打了，默着是不行的。

友四　一定的事。A君是空想家。強盗來殺的時候，倘像A君一樣，須先想殺人是好事還是惡事，沒有想完，早被殺掉了。

青年　可是加津說人壞話，也是錯的。

友一　你先前不是說，下級的壞話誰都說過麼？便是你，不也說的很多麼？

青年　說過的。但若被打，我也以爲應該，沒有貳話。

友一　但被打的却不是自己呵。朋友打了，而且是當衆受了侮辱的。

青年　便被說是乏人，不也可以麼？

友四　你可以；我們却不是乏人，所以干休不得。況且不依全級的決議，有這樣辦法麼？

青年　沒有人反對麼？

友一　都贊成了。

友二　還有什麼贊成不贊成呢。朋友被打了，再不理論，不知道要被侮辱到怎樣地步。因爲掛上了乏人的牌號，是再也擡頭不得的。

青年　便是被說是乏人，只要不理會他，不就好麼？

友二　加津被人打了，你不理會？

青年　這是打的人不好；好的一面，不理會就是。

友一　你怎了？人家都說你便是撒了和下級

爭鬧的種子的人呢。你先前演說，牽涉着下級，便是這回的遠因呵。便說加津被打是託你的福，也都可以的。現在你却來消滅本級的銳氣麼？不是卑怯麼？

青年　並非要來消滅銳氣。

友一　想逃掉責任，不是卑怯麼？

友四　的確卑怯。嘴裏講些大話，一到緊要關頭的時候，腰就軟了，這便是卑怯。

青年　卑怯？我並不比你們卑怯。

友二　但是不願意受傷罷。

友一　你毫不管全級的名譽麼？

青年　級的名譽，可以挣回來的別的方法多着呢。也可以在較好的事情上，表示並非乏人的。

友一　但現在，却不能這麼說了。下級的小子們，也許立刻便到。到現在，還能說不要鬧了，我們委實正如你們所說，都是　人，情願認錯，請你們饒恕麼？下級的小子們，說不定要怎樣得意哩。想想也就够難受了；你不麼？

青年　倘在平時，我也許同你們一樣，願意爭鬧一場。因爲我想到下級的小子們，便心裏不舒服的情形，並不亞於你們呢。然而現在，我被這一位帶領着，恰恰看過許多事情來的。並且從心底裏以爲戰爭不是好事，想將在自己裏面的產生戰爭的可能性，仔細研究一番，倘若做得到，便想將他去掉。這時候，便遇見了你們了。我不說無聊的話，只是請不要爭鬧罷。我可以做和睦的使者。

友三　不行。你去就要被打；下級生裏面，最恨的便是你呢。

青年　要打，打就是了。

友一　但你的意志，那邊是不會明白的。你忽然被打了，我們也不能單睜着眼睛看。總之爭鬧是免不掉的了。你到這里來一會罷。

青年　可以。

（兩人稍與衆人離開。）

友一　我拜託你，不要反對這爭鬧了。好容易，這回我們的全級覺得了一致。照這氣勢，鬧起來一定勝的。但是一說破壞一致的話，便挫了勇氣，保不定下級的小子們會得勝了。總之這事已經免不得，所以還是望我們得勝的好。爲朋友計，這一點事，也應該做罷。

青年　我苦痛呢，一想到這回的遠因卻在我的演說這件事上。但我總以爲爭鬧是沒有什麼免不了的。

友一　眞這樣想麼？你簡直說出下級生的間諜一樣的話來。

青年　你眞這樣想？

友一　由我看來，單覺得你只指望我們這一級敗北罷了。

青年　那有這樣道理呢。

友一　然而據事實，却是這樣。因爲好容易全級剛要一致做事的時候，你却冒昧羼入，要破壞這一致，挫了我們的勇氣——教我們向下級認錯哩。不要再開口了罷。倘再開口，我們便要將你當作敵人的間諜了。因爲在這樣緊要時候，被你折了銳氣，是不了的。

青年　然而我總反對。

友一　要反對，反對就是。我們却是不睬你。

青年　衆人裏面，未必沒有心裏和我的意見相同的人罷。

友一　我就怕這事。

青年　不必強勉這類人去爭鬧，不很好麽？

友一　這可不行。下級的小子們也都一致的。

（一個友人走來。）

一個友人　聽說敵人便要到了。

友一　原來。你肯拚命打麽？

一個友人　何消說得呢。與其受辱，不如死的好。

友一　（向青年，）你便在這里站着罷。要是動一動，你可沒有什麼好處呵。

（友一走入衆人隊裏，青年的同級生

漸漸增加）

友一　望見敵人了麽？

友二　是的，從那邊來了。

友一　多少人？

友二　說是一共三十人。

友一　有趣。豫備妥當了罷？

友四　唔唔，早妥當了。A怎麽了呢？

友一　不理會他就是。

友四　都在發怒哩，說是毫無友情。雖然也不像竟至於此的人。

友一　被什麽蠱惑了罷。

友四　都說他也許變了敵人的間諜了。或者從敵人的誰的妹子，聽了些什麽話了。

友一　那還不至於此罷。

友四　都想打哩。

友一　都想打，便打罷。因爲本來是背了全級一致的東西哩。

友二　但也不至於打罷。

友四　不不，還是打好。一打便發生了勇氣，都冒上殺氣來了。

友一　多數決罷。贊成打A的人，請舉手。舉手這一面，少兩個。

友四　你倘說不要打的人舉手，便能得到五六人的多數決，早打了A，現在可是弄糟了。

因爲雖然未必要打，却也不至於舉手，打不打都隨便的人，可有五六個呢。

友一　你們無論如何，總須打勝。無論喫了怎樣的苦，萬不可降服。下級的傲慢模樣，是天所不容的。正義是在我們這一面。我們的憤怒，也並非不正當的憤怒。下級的小子們，做了不該做的事，說了不該說的話；爲學校計，他們是不可饒恕的人。在今天，你們須排除了侮辱，表示我們同級的人們並非乏人纔好。

（青年正注視着不識者，此時忽然說。）

青年　你們，究竟要打架麼？打架勝了，有什麼益處呢？

友一　住口！

青年　不能，我不能不說。你們竟不能忍一時之恥麼？不知道爭鬧的結果，如何可怕麼？不知道和解的歡喜麼？

友四　你們或者任他胡說，我可忍耐不住了。

（友四走近青年，後面跟定五六個人，都注視青年，都憤怒。）

友四　你何以不去對下級生說，教他們不要爭鬧，却希望我們這面，幹不了事呢？

青年　我講的是眞話。你們爭鬧之後，成了殘廢怎麼好？砸着頭，弄壞了腦怎麼好？還不如忍了一時的恥辱，在永遠之前取勝罷。

友一　（也走近青年）對不起，你現在你倘使還不閉口，我便要加制裁了。你還是保重自己的頭罷。小心着自己被打罷。

（衆人圍住青年。）

青年　無論怎麽想，爭鬪總是傻氣。便是勝了，也只留下些怨恨。受了一時憤怒的驅使，所做的事，一定有後悔的時候的。你們還是忍了一時的恥辱，打勝自己的天職的好。這是眞勝利；這件事，便是人類也歡喜的。

友一　雖說是一時的恥辱，但聽憑那下級生跋扈起來看看罷。說不定會做出什麽壞事，而且還要墮落了少年的精神。

友四　你的話，都理想的太過了。我們呢，看見下級小子，傲然的侮辱我們，不承認我們的權利，愈打我們愈有得，我們却愈被打愈受損，不能只瞪着眼睛了。你也許能罷？但在我們裏面的血却是不答應，這拳頭不答應。

友二　A君，你以爲到了此刻，我們還能向下級認錯麽？

友四　教我們無條件降服罷。你是……你是Love着下級生的妹子，所以不行。

青年　沒有這事。

友一　敵人便要到，不必理會A了。有話說，後來再聽罷。

友四　我就這樣。

（四五人都打青年，青年默着。）

友三　差不多了就算罷。

友四　不問是誰，只要違反了級中的一致便得這樣。

友一　走罷，鬧去罷。

衆友人　（合），走罷，走罷。敵人已經擺了陣了。

一個友人　下級的使者來了。

友一　帶他到這里來。

（下級生的使者被帶上。）

使者　我們不覺得有容受你們的要求，須對

你們謝罪的理由。現在大家都在這里了。你們倘不撤回要求，無論什麽時候，都可以奉陪的。

友一　很好。便請你回去說，我們並不願意爭鬧，但尤不願意受侮辱。

使者　知道了。

友一　此後還給你們十分鐘的猶豫時間；在這時間裏，你們如果沒有謝罪的意思，便不再猶豫了。我的表上現在十點十分。一到十點二十分，便要闖到你們這邊去的。請你這樣說。

使者　知道了。（取出時表，對準了時刻。）剛過十點十分。

友一　是的。但倘若你們這面願意早些鬧。也都聽便。

（青年走入隊夥中間。）

青年　（對使者。）你們這面，沒有和解的意思麼？

使者　如果你們這面不承認我們所做的事是十分正當，便沒有和解的意思。

青年　你們這面也以爲爭鬧是名譽麼？

使者　你們以爲怎樣呢？

青年　我是不消說，不以爲爭鬧是名譽。

友四　這不是你開口的時候。去罷，事完了便快回去。戰場再見罷。

使者　再見。

許多友　再見。

青年　（對友一，）你們不鬧，總不舒服麼？你們裏面，沒有欺了自己，怕着多數的人麼？

友一　這樣卑怯的人，一個也沒有。

友四　你還不夠打麼？

友一　A！都殺氣瀰漫着呢，藏起來罷。我不騙你的。

青年　我也極願意藏起來呢。但我總不覺得你們的爭鬧是正當的。

友一　這早知道了。但我們的血，沒有你的血一般涼。不能單算計利害關係。

青年　以不正報不正，是不好的。

友三　但以沈默與卑怯迎不正，尤其不好哩。

友四　再說，又都要打了。倘若眞打仗，你的頭可要不見了，如果說這話。

友一　要知道不見了頭便再不能反對戰爭了。

青年　但在活着的時候，是要反對的。你們何以定要站在同敵人一樣的位置，難道沒有更美的地步麼？

友四　乏人的地步，不是美的地步。

友一　是時候了。走罷。

衆友人　走罷。

友一　都喝了水。

（都喝水。）

一個友人　敵人來了。

友一　走罷。

（都大叫疾走。青年目送衆人，默默的跕着。）

不識者　寂寞麼？

青年　我不知道怎麼辦纔好。

（兩面的人混亂着，互相追趕，相打。相扭結。在青年的面前，友三被下級生擰倒，按着打。）

友三　A君，幫一手。

（青年默默的看）。

友三　我到了這地步，你也毫不幫忙？對於我沒有友情麼？

青年　不不；我不願加入爭鬧裏去。

（下級生要扼友三的咽喉）。

青年　咽喉可是扼不得呵。

一個下級生　什麼？局外的也來開口。

（友四走來）。

友四　A做什麼，看朋友被人打麼？

（突然推開了下級生，便打；下級生逃去。）

友三　多謝。你救了我了，你眞是救命的恩人？這恩一世都忘不掉。

友四　什麼話，朋友相幫，不是彼此的事麼？走罷，他們正都苦戰哩。

友三　（回顧青年，）記着罷。

（青年苦悶。友四苦鬪惡戰，本級形勢轉盛。下級生拔刀）。

衆友人　不要動刀，不要動刀；卑怯呵。

一個下級生　什麼？要命的便逃罷。（砍進）。

（有喊痛的都拔刀）。

青年　不要動刀，不要動刀，不要動刀。

（刀口相斫。棍棒相擊，有倒地的人。青

年時時看着不識者，只是默默的看；也有呻吟的人，遠遠地聽到手槍聲。不一會，許多友人逃來，一個拏手鎗的人在後追趕，後面又跟着下級生。）

拏手鎗人　要命便投降罷。投降罷。

一個友人　誰投降？

（正要反抗，被手鎗擊斃。接連如此者兩三人。）

下級生們　不必管他。都打殺罷，打殺罷。

（此時亂發手鎗，三四人大叫「打着了，」或負傷，或死去。青年覺得不識者也拏着手鎗，便默默的取過來，打殺了

拏手鎗的人。）

青年　並不想打死的，但是殺人太多了，看不下去，這纔打死的。不回手的都不殺，放心罷。

（從死人手裏搶過手鎗。）

下級生們　什麼？你是朋友的血讎！

青年　走近便死。跑罷，跑罷，逃跑便不殺了。

下級生們　要殺就殺，要殺就殺。

（八九人抖抖的圍住青年，仍復前進。有人擲了石子；正中青年額上，流出血來。都想逼近。）

青年　這可不饒了。

（開鎗；一人倒地。此時青年的肩頭被

一人砍傷，也倒地。衆人都砍青年；青年奪了手鎗，逃去。四圍忽然寂靜，青年躺着。）

不識者　噲，起來罷。

（青年睜眼，向各處看。）

青年　剛纔的是夢麽？

不識者　你這樣，還是愛平和的麽？非戰論者麽？

（青年彷彿夢醒模樣，跪在不識者面前。）

青年　寬恕我罷。（幕。）

—一九一六，八，二〇—二二—

第四幕

（戲棚）。

青年　這里有什麼？

不識者　這里有鄉下戲劇哩。

青年　眞小戲棚呵。不幾乎沒一個看客麼？

不識者　並不有趣，所以不來的罷。

青年　這樣無聊的戲麼？

不識者　仿佛是的。

青年　這樣東西，便是看了也無聊罷。

不識者　也不一定；怎麼樣地方藏着怎麼樣人，都料不到的。

青年　但是這樣戲棚，未必能做高尙的戲罷。總不過日本的東西罷。我現在沒有看這樣東西的工夫呢。

不識者　且住且住，不要性急罷。

青年　我要靜靜的想各樣事情哩。

不識者　思想的事，回了家再說。現在還是看了能見的好。

青年　鈴響了。就要開幕罷。看客這麼少，做的一面也振不起精神罷。

（粗拙的幕開處，內有黑幕，前面站着滑稽裝束的神和惡魔。）

神　哼，你說要殺盡世人給我看麼？這可不能。無論怎樣可怕的病，怎樣的天災，凡是你的手頭的行販貨，總滅亡不了人們的。

惡魔　很好。你說一定不能麼？我並不要借重那病和天災的手。只要在人的頭裏，下一兩粒種子，就够了。

神　哼，你倒總是看不起人們哩。將亞當和夏娃趕出樂園的雖然是你，人類却進步，沒有退步呢。諾亞的洪水時候，你想淹死諾亞，可是終於沒有死。說要教約百墮落，你也終於不能教約百墮落。你的事業，一時雖然興旺，終究却只是我利市。爲你自己計，還不如適可而止罷。

惡魔　以前壞了幾回事，就因爲太看錯了人了。釋伽和耶穌出世時候，我也很着急，可是終於沒有什麼事。只有以爲生出這樣的人們來便可放心的你，纔是恭喜的神明哩！看着罷。這回要勞你嚇破膽子了。

神　想嚇破膽，試試看罷。只是你不要「將費力賺了乏力」顯出哭喪相纔好。我可是要去睡午覺了。（退場）

惡魔　傻子走了。看着罷，要給撒上容易寄生在愛國心裏的黴菌哩。（從藏着的袋中，抓出種子，作散布模樣）這够了，這夠了。國家和國家就要鬧架了。我便在其間做一個謀士，兩面都點火。有趣呵，有趣呵。（退場）。

（黑幕收去。德大登場，想着些什麼事。惡魔便出現。）

惡魔　這不是德大兄麼？想什麼呢？

德大　舍間軍隊太少，有些爲難哩。現在正要想一個容易簡便却能招集許多軍隊的法子。

惡魔　怎麼一點事也值得想麼？只要將一定年紀的人，一齊叫來，儘量的挑取了要用的人就是了。這就好。

德大　這樣巧事當眞能做麼？

惡魔　有什麼不能做。只要說「爲國家」就是。如果有不聽說話的東西，也不打緊，只說是「國賊」，抓進監獄裏去就是了。造出了這種規則，誰也不敢說不服的。這麼一辦，你的國便是世界中第一强國了；你也可以做如心如意的事了。

德大　眞不錯，教了我好法子了。若說「爲國家」，便誰也不會反對的。如果竟有，便立了法律，將這種不念國家，亡國性的東西，都關到監獄裏去。如果還不行，便殺掉也可以。因爲這種不顧本國的東西是沒有放他活着的必要的。

惡魔　委實不錯，委實不錯；這種東西不是人呢。喜歡亡國的奴才，你的國裏不會有的。不喜歡本國富強的東西，你的國裏也不會有的。立刻實行罷。

德大　這便實行去；不必明天，就是今天實行去。別國的小子們，怕都羨慕罷。這樣的好方法，倘被人學了樣，雖然也不妙，但我這一面，回去之後，總便立刻召集大衆，教他們實行就是了。此後再有好的法子，還要請你賜教哩。

惡魔　很願意教。我最愛你的國；因爲是第一個門生呢。

德大　拜託拜託。時光要緊，就此失陪了。他們聽到這樣好方法，都該吃驚罷。（退場）

惡魔　高高興興的走了。以後便都要學樣；因爲不學樣的國，是要亡的。這樣辦，說不願戰爭的小子們，在這世上便活不成了；想活在這世上的小子們而且身體好好的小子們，便不能不上戰場了。我還要教他們發明好兵器。不願去戰爭的小子們都死，去戰爭的小子們也都死。便是在我，不也得算一條好計算麼？早都來了呵。

（俄大法大登場。奧大意大英大日大跟着登場。）

俄大　噲，法大。

法大　什麼？

俄大　聽到了沒有？

法大　什麼事？

俄大　就是鄰舍的德大想出了希奇法子的事。

法大　聽到了。纔是想些討厭的方法罷了。

俄大　然而一不小心，却危險哩。

法大　不錯。這樣簡便容易的造出許多軍隊，實在當不住。要是不小心，大家的國度可眞險了。

俄大　是呵。還是學樣罷。

法大　學樣却也不甘心哩。

俄大　不學樣，危險呢。

法大　因爲國家一亡便不得了，所以要學樣麼？

奧大　你怎樣呢，意大？德大兄的法子，聽說法大和俄大都要學，這麼一來，大約我們也得學罷。

意大　自然要學的。當初一聽，雖然似乎是奇怪方法，免不得發笑，但越想覺越得是好法子了。

奧大　這就因爲是毫無破綻的德大的方法呵。但是實在想出了意外的事了。

法大　英大兄，國民都有當兵的義務這新發明，你也實行一回，怎麼樣？

英大　多謝你關切。但我還是算了罷。因爲叫不願意當兵的人們當兵，將不願意戰爭的人們趕出去戰爭，都不很好的。因爲我們這里，是尊重自由的。做出這樣事來，大家都不見得會答應，而且對紳士加些強迫，也是不很舒服的。

法大　這固然也不錯，但在德大想出了那樣方法的現在，已經不是講這樣道理的時候了。你這邊也還是一定採用了這法子好罷。

英大　可是我這邊，不願意學德大哩。到了最要緊的年紀，便喚去當兵，無論對誰，都不是好事。只要勤勤懇懇的各做自己的事業，就很好了。只要願意做了軍人爲祖國打仗的人，做了軍人，我的國家便滿够安穩了。一到時候，都會高高興興的爲我的國家出力的。若說強迫，倒反輕蔑了我國的人們的愛國心了。

俄大　這也好罷。因爲你的國和德大的國，還隔着一道海呢。然而我們，都不能說這等話。

我們也明知道這事並不很好，但也沒有別的法子了。還是再見罷，再見再見。法大兄，一起走罷。

法大　好好，一起走罷。英大兄，再會。

英大　再會再會。

奧大　我輩也走罷。

意大　走罷。諸位，再見。

衆　再見。

（英大和日大之外，都退場。）

日大　英大兄，德大的法子，是什麼意思呢？

英大　想出了一件傻事罷了。就是將已經到了一定的年齡的人們，都呼到官署裏，脫得精赤條條的檢查了身體，將身體好的人們，隨着要多少兵便拿去多少就是了。

日大　能這樣辦麼？

英大　這很容易辦。因爲不依的人，只要罰就是；無論怎樣的罰，都可隨意制定的。總而言之，不外乎用了德大式，想出了一個能夠很容易的造成許多好軍隊的法子罷了。這眞眞胡鬧，簡直毫沒有替捉去當兵的人們想一想。這意見，纔眞像不愛人民冷酷小氣的德大的意見哩。我這一邊，却不能做這種不合人情的事，所以不做的。

日大　這樣一回事麼？

英大　我也還是走罷。那麼就再會。(退場)。

日大　再會。

（日大想着事，惡魔近前。）

惡魔　日大兄，想什麼？

日大　正想着我的國度，怎麼辦纔好。

惡魔　你不像有錢，除了學德大之外，怕沒有別的法子罷。要不然，你的國怕會倒哩。可是學了德大，造起軍隊來試試罷。你的國便是東洋第一的國；在亞細亞洲，只有你的國是濶氣的國。而且全世界都要害怕。會挨進第一等強國的隊夥裏面去呢。

日大　眞的麼？

惡魔　自然是眞的。那時朝大的國便是你的，支大須看你的臉色，俄大懼憚你，也怕敢伸出手來了。

日大　這眞的麼？

惡魔　自然是眞的。

日大　既如此，便學德大罷。

惡魔　實在只有學這樣一條法子。

日大　不知怎的，彷彿已經得了全世界似的，喜歡的無可開交了。就失陪罷。再見。(退場)。

惡魔　(目送着)，聽說倒是一個很能辦事的小子。上了當哩。英大這小子。膽敢說些費話，現在也要教他學德大去。怎的？德大又來了。

（德大登場。）

惡魔　怎麼了？

德大　承你的情，教給我好法子。現在法大俄大，都學着做哩。要是這樣，好一個新發明，也就無用了。

惡魔　你放心罷。你的頭很聰明，只要想出些好兵器就是；幷且瞞着敵人，多練些軍隊就是。卽使略略加些租稅，也未必便有人叫苦。須得用點手段，在不至於叫苦的程度上，漸漸的加多租稅，用到軍備裏去。這麼辦，便毫不妨事了。俄大雖然魁梧，卻是很笨，不要緊的；法大固然性急，然而有點過於文明了，也

不要緊的。打起精神做去罷。

德大　你實在是我的老師。聽了你的話，便彷彿世界是自己的東西一樣了。

惡魔　這很的確。只要專心致志，你想怎樣，世界一定便怎樣。

德大　早能夠如此纔好。

惡魔　不添造軍艦也不行的。殖民地也不要趕不上英大呵。

德大　英大這小子。我肯趕不上他麼！

惡魔　然而最可怕的卻是英大哩。

德大　我也這樣想。

惡魔　切實的幹罷。

德大　幹去，竭力的幹去。
惡魔　這是你的事，總該不至於失著的。倘不多設些工廠，奪了英大的富力，怕英大還要大造軍艦哩。
德大　是呵，這也去竭力辦。請你看着罷。
惡魔　我專等好消息呢。
德大　那便立刻去竭力的製造軍艦罷。
惡魔　這纔好。
德大　那便失陪了。
惡魔　再會，再來罷。
德大　多謝。再見。（退場。）
惡魔　如何，我的手段？很有趣的辦下去了，（坐在石上，）有點乏了，睡一刻罷。（剛入睡，忽然又張開眼。）有誰來了似的。英大罷？一定是的；究竟是的。有些張皇着呢。
（英大登場。）
惡魔　英大兄，怎了？
英大　德大這小子造起許多軍艦來了；大約想要收拾我的國罷。
惡魔　這是一定的事。德大在世界上，最怕你的國，最嫌你的國哩。不小心就會上當。因爲德大是執念很深的呵。
英大　我正因此着急呢。大約還沒有什麼要緊，然而不小心也不行。

惡魔　這何消說得呢。但是教給你一條好法子。德大這野心家，法大和俄大也都怕；你便引誘了他們三個人同盟起來就是。這樣辦，便是德大，也就不能出手了。

英大　實在不錯。趕快同盟罷。（少停）但我和俄大同盟，雖然也好，俄大在西方放了心，在東方就容易出手了。我也有些放心不下哩。

惡魔　然而那個是那個，這個是這個呵。爲擠德大，要用俄大；爲擠俄大，也未必便沒有別的好法子罷。

英大　懂了。你的意思，是說要教俄大不能向東方伸張，便和那日大同盟，利用他就好罷。

惡魔　是的，眞聰明，不愧是你。

英大　這樣，我就放心了。我一直從前，早看上了日大，現在順便給他高興高興罷；那小子一定當作光榮，要竭盡忠勤的。

惡魔　而且增加軍艦的事，也千萬怠慢不得。

英大　這自然。

惡魔　盡心竭力，極周到的辦罷。

英大　自然，極周到的辦去。

惡魔　好好的辦罷。

英大　多謝。竭力的好好的做就是了。再見罷。

惡魔　再見。

（英大退場）。

惡魔　眞忙呵，睡覺的閑空都沒有了。

（法大俄大登場）

法大　英大到你這里談過事沒有？

俄大　談過了。

法大　怎麼辦？

俄大　想答應他因爲德大近時只是敷鐵路，立工廠，擴張軍備呢。

法大　是的，倘使不理會，實在危險，如果三國同盟了，該可以忌憚一點罷。

惡魔　法大兄實在不錯。德大的野心，是在奄有世界哩。不小心，你的國要給收拾的。

法大　這樣麼？還要收拾，可是難受了。既如此，還是三國同盟好罷。

惡魔　自然。海裏有英大，後面有俄大，你的國也就放心了。

法大　既這樣，我就答應英大的話。

俄大　我也便答應罷。這纔有點放心了。

惡魔　而且土大和日大這一面，也可以伸出手去了。

俄大　是的。聽說日大這小子，還學着德大的樣呢。

惡魔　學了學了。因爲這小東西，到是大野心家哩。

俄大　這大意不得呵。

惡魔　怎麼大意得呢。

法大　這就失陪了。

俄大　以後再見，我還要和這一位說幾句話。

法大　那就以後再見再會。(退場。)

俄大　再會。(對惡魔。)日大是這樣可怕的國麼？

惡魔　是的，是東方第一個野心家哩。你看，練兵的法子，教育的法子，兵器的改良，都不下於你的國；況且英大又暗地裏推着他，正想要利用日大呢。小心點罷。

俄大　英大麼？

惡魔　正是正是，要知道英大是靠不住的。

俄大　這却是的。

惡魔　所以我通知你，倘不趁沒有和英大結黨之前，擠倒了日大，是危險的。

俄大　那便立刻辦罷。

惡魔　愈早愈好；而且須想法子，使交通萬分便利纔是。

俄大　不錯。再見罷。

惡魔　再見須得切切實實的辦去呵。

(俄大退場。)

惡魔　哈，一下子便教俄大和日大鬧架麼？大鬧倒也未必，總該可以殺掉十萬以上的壯丁罷了；便教幾十萬的人們都別了他最愛的人罷。來了，日大。這小子得意的很哩。

（日大登場）。

惡魔　怎了？

日大　剛纔英大來說，要我同盟。

惡魔　同盟了麽？

日大　唔唔，不消說，同盟了。從此別的國都不敢看不起我的國了。

惡魔　小心着英大罷。

日大　唔唔，英大想利用了我，別有所得，我自然是知道的。但我這一面也無非想利用了英大，別有所得所以反正是一樣的事。我雖然擺着一副被人利用了也冥然罔覺的臉

相，却究竟不是傻子，所以英大何以要和我同盟的緣故，是明白的。請放心罷。

惡魔　這纔好。被人利用，却精通利用的神髓，在這世上是得勝的。

日大　不錯。深知道這神髓的人民們不明白，我却知道。國和國的關係，總只是一個互相利用。那里有什麽正義呢？昨天的敵人，今天的朋友；今天的朋友，明天的敵人：信不得，靠不住的只有儘量的利用罷了。

惡魔　但最要緊的是實力呵。

日大　實在不錯，所以正在竭力的用那富國強兵主義哩。請放心罷。

惡魔　聽了這些事，我也放心了。有了這樣的覺悟，便和英大同盟，也就可以了。但竭力擴張軍備這件事：一刻也忘記不得。因爲你的國正在可怕的位置，但也是有趣的位置哩。只要有實力。

日大　多謝你的忠告。我想到自己的地步和位置，也就湧出力量來。我以爲愈有禍患，便愈可以顯出自己的力量。請你看。

惡魔　然而也須小心。因爲一吹着文明的風，人們便要捨不得性命了。

日大　眞不錯，我正也暗暗地着急。幸而健全的愛國的分子還很多，不妨事的。但總得小心着。我正想竭力的教我國的人們的心，都專爲我延燒呢。

惡魔　這比什麼事都緊要。沒有這決心便是亡國。因爲許多猛獸一樣的東西正在徘徊，等着機會呵。

日大　不錯，實在大意不得。這就失陪罷。

惡魔　且慢且慢，還有事情通知你，小心着俄大罷。

日大　留神着的。

日大　此刻辦纔好；倘不早辦，俄大的軍備就完整了。

日大　趕快辦去。再會。

惡魔　再會。

（日大退場）。

惡魔　呵，德大又來了很慌張哩。

（德大登場）。

惡魔　怎了，德大？

德大　英大這小子，和俄大法大同盟了想滅我的國哩。怎麼辦纔好？

惡魔　這除了和奧大意大同盟之外，沒有法子。這麼辦，更得了平均了。

德大　眞是的，這樣辦罷。

惡魔　但也大意不得。海軍還該振興呢。陸軍這一面，倒也很整頓了；鐵路和兵器也都辦的周到罷？

德大　都在周到的辦，不如此，便危險的。英大多少狡猾，實在大意不得。現在便和奧大意大商量去罷。

惡魔　正好，那兩個都來了。

德大　這來的眞湊巧呵。

（奧大意大登場）。

德大　恰巧遇見了，我正想到你那里去哩。

奧大　原來，我也正要會你呢。

德大　爲什麼？

意大　沒有知道麼？英大已經和俄大法大同盟了的事。

德大　不知道還了得；實在就爲了這事，要會你們。

意大　原來，我們也爲這事，正在尋你呢。

德大　你們什麼意思？

奧大　就是只要我們也同盟了就是了。

意大　要不然，他們三個同盟了，我們便抬頭不得哩。

德大　是的，我也這樣想。趕快同盟罷。大家都去擴張了軍備，不要輸與他們。大家立起同盟的誓來罷。

（拔了劍立誓）。

德大　這就穩了，不必怕英大和法大俄大了。

惡魔　然而若不設法，教軍備沒有遜色，是不行的。

德大　這不錯，便到那邊商量軍備的事去罷。

（三人退場）。

惡魔　有趣起來了。呀，神來了；似乎愁着哩。

（神登場）。

惡魔　如何，我的手段？

神　日大和俄大開始戰爭了。你該高興罷？

惡魔　那里話，那些事情，還不能算我的事業的開端。此後正要將我的事業給你看哩。

神　教給了徵兵的法子了罷？

惡魔　教給了，好意見罷？

神　正像你的意見罷了。

惡魔　怎樣，不很高興罷？

神　不不，這麼一點事，沒有什麼的。

惡魔　俄大和日大，都只叫着你的大名呢。

神　他們是將你當作我了。

惡魔　教誰勝呢？

神　不管他就是。

惡魔　你好冷淡呵。

神　應該給與人們的東西，我都給了。以後任便。

惡魔　死的很多哩。

神　然而人類，生長是總要生長。你的事業，不過做我的襯墊罷了。

惡魔　然而個人不也可憐麼？

神　我不是人，所以沒有所謂可憐這類感情。人們不設法，是人們的罪，我只要做了我的事就夠了。

惡魔　你說，該給人們的東西，全都給了；然而教我說，卻只覺得你沒有將人們造得完全，單是造的傻氣。我略一煽動，便將最要緊的性命，都看成塵芥一樣了。

神　我沒有將人們造得完全。我單撒了一粒種子；要看這種子落在地上怎樣變化，要看種種東西生來之後，想要生存的情形。只是這樣就好了。看此後的人們將地上弄成怎樣，是我的慰藉。人們成了完全無缺的東西太早了，我不很喜歡。但到達完全的地步之前，人們便滅盡，我也不喜歡的。

惡魔　我卻要滅盡他們請你看哩。要不然，便趕他們到邪路上，教他們陷在無可奈何的境地。教人們只以爲活着比死去還苦，只以爲活着的事是無意味，單是可怕，於是教他們自滅給你看。

神　倘你能够，試試就是。倘你能將人們對於我的愛和信仰加些損傷，切成兩段，切一回試試就是。我還沒有將人們造的這樣脆呢。

惡魔　好，看着罷。

神　默默的看着。

惡魔　竟是日大這一邊利害哩；彷彿還沒有知道性命的可惜似的。大家都說爲本國戰爭，卻又有戰到本國人一個不留的氣勢哩。好笑話呵。給與了這種本能，做甚麼的？

神　倘沒有給與這種本能，人們怕早不願活着了。造成是胡胡塗塗，造成是傻氣不以爲傻氣，人們纔能活到這地步哩。

惡魔　但看他們到現在還沒有除掉這種根性，也未免太傻了。這一節，你也該後悔罷。請你看着，這本能便是滅亡人類的關鍵。我已經確有把握了。

神　你的腦筋簡單呢。人們却不會這樣的合你意思呵。又要睡覺了，躺一會罷。（退場）

惡魔　眞會睡呵，這小子。我可也太忙。日大來了。

（日大登場）

日大　如何？託你的福，大概是勝的。

惡魔　好好的幹罷，一定是你勝。金錢和人民，以後總有法想的。世界出了驚看着你；驚歎着；看起了你哩；怕了你哩；從前看你不起的東西，也佩服你了。幹的好。以後也發狂變死的幹去罷。

日大　一定幹。我國的人們，爲了國家是不怕死的。人們多的很，簡直太多了，所以便是死掉一些，也不妨事的。只是近來頗有些危險思想流行起來了，却也有點可慮呢。

惡魔　這種東西，不必顧慮的。以爲可慮，只要抓進監獄裏就是。

日大　正在這樣辦呢。

惡魔　還不行，殺掉就是。用你的力量，要做什麼便什麼都能做到，何必這樣的怕幾個空想家，還是拚命戰爭要緊。只要國家的意氣增高了，勝利便是你的了。神曾說，他在你這一邊呢。

日大　是罷，覺得是天佑的事眞多哩。

惡魔　這就對了。總之切實辦罷。這正是亡國和跳上一等國的分界線呵。

日大　感激的很，這就告辭了。

惡魔　再見。我望着你得勝。

日大　多謝。再見。（退場）。

惡魔　再見。得意着呢。這得意可是眞有用處，東洋只要有這一個小子，就儘够了。假使這小子不強，我實在也就爲難了。阿呀，俄大到了，怒得不尋常哩。

（俄大登場）。

惡魔　怎麼了，俄大？

俄大　小子們的不要命，眞窘了人了。無論威嚇，無論什麼，都不以爲意的。因爲所謂性命可惜這件事，還是全沒有知道哩。

惡魔　這也未必罷。

俄大　而且內部也似乎要騷擾，眞也窘人。這樣黃色的小東西，本該不會輸給他，但他不要命，所以爲難了。大約還有英大暗地裏推着罷？那小子本該是這邊的幫手，但見我向東洋方面伸出手去，彷彿不很喜歡哩。

惡魔　先前已經說過，那小子是靠不住的。可是軍艦還須多派；便將日大的軍艦趕掉就是了。這樣辦，日大也便什麼事都不能做了。

俄大　然而派軍艦也爲難。

惡魔　已經不是講這樣話的時候了罷。在東方就要伸手不得哩。

俄大　冒險一回罷。

惡魔　這纔對。

惡魔　你旣然這樣說，那就辦罷。再會。

惡魔　就走麽？

俄大　趕快派了軍艦嚇日大去。不將那得意的鼻子折了，是放心不下的。再見。（退場。）

惡魔　誰勝誰敗，都好的。只要人們死的多，我就高興。都聽了我的話，拚命的擴張着軍備哩。只要大家的競爭心和敵愾心，越發加添速度就成了。我也休息一會罷。先起一回地震消消閑纔好。（搖動樹木。）至少也得死掉二三千罷。其次還不如撒一點病毒。但這些事，也不很有趣。須得人們的精神從裏面萎縮了；人們的精神進了邪路，絕望了；神這小子纔吃驚罷。至於這小子的自負，實在奈何不得。總須按倒一回纔好。現在便要按倒哩。用了人們的力，滅亡人們。這樣一來，小子該吃驚了。賭的事是我勝利了。布置已經有點定局，姑且睡覺罷。阿呀。還大意不得哩。（望見了什麽似的。）俄大的船出來了。阿呀，漸漸的彎過去了。雖然這樣慢，在人們的力量，却總要算全力了罷。他還不知道日大的船在那里呢。阿呀阿呀，愈走愈近了；有趣呵，就要遇到日大的船了；哈，打了。俄大的船糟了，日大一定得意罷。雖然俄大的船也很想巧巧的逃出，送兩三個彈丸給日大的內海岸的。但教他得意着，也很不壞。俄大這小子該失望了罷。這戰爭也慢慢的教完了罷。因爲我的緊要事業，還預備在後來呢，日大來了。

(日大登場)。

日大　如何，英雄罷？

惡魔　佩服佩服。可是你的陸軍，似乎有點疲乏了。

日大　我也正微微的着急呢。

惡魔　到了差不多的地步，歇了好罷。漸漸深入了俄大的國裏，你也許碰到可怕的事呢。現在便是歇手的時候罷。

日大　我也這樣想。但是我國的小子們，怕未必肯答應哩。因爲上了戰場的小子們，雖然漸漸的想要回家，住在本國的小子們，却以爲卽此便可以永遠戰下去呢；因爲看同胞的死亡，全不當什麼一回事呢。

惡魔　這樣纔好。爲你的國家計，這應該賀的。單看見白色人在地上行勢的時節，說到有色人種，却只有你的國不縮頭，這一節，我最佩服。沒有這樣的意氣，是不行的。

日大　可是出去戰爭的小子們不能如此，所以爲難了。

惡魔　這也沒法。可是只要在國裏的小子們元氣旺，出外的小子們也容易辦的。但現在也正是歇手的時候罷。俄大那一面很願意歇，因爲怕起內亂哩，然而內亂是起不來的，便是俄大要按下內亂這一點力量，却還有呢。

日大　不錯。俄大的國度大，以後可以隨意送到多少軍隊，我可不能這麼辦。

惡魔　是的，照你的實力，早該加倍的擴張軍備了；你沒有做，所以不行。

日大　就因爲金錢爲難呵。

惡魔　再收些稅就是。

日大　這也很難。

惡魔　那里有難的道理呢？國家滅亡了便糟，應該誰都知道；而且武器也得改良哩。近來捕獲了幾條軍艦罷？戰爭完結之後，倘不製造到現在的加倍以上，也怕不行。

日大　錢也很不容易辦。

惡魔　總須設法纔是。你的國裏的人們，爲國家做這一點犧牲，都應該欣然罷？

日大　可是近來很有點不行了，因爲染了西

洋氣了。

惡魔　這卻很有些不妙哩。但戰爭完結之後，千萬大意不得。因爲你的國的位置，比先前更加危險了，況且版圖一廣，也更要金錢和軍隊。

日大　的確是的。一定設法，可以對得起你的忠告。

惡魔　肯這樣辦，你的國便是世界的驚異，全世界都要怕你，敬你了。

日大　極願如此。失陪罷。（退場。）

惡魔　早以爲變了世界的一等國，得意着走路了。有趣有趣。阿呀，俄大來哩。

（俄大登場。）

惡魔　怎了，俄大？

俄大　聽了你的慫恿，吃了虧了。

惡魔　也不是要這樣失望的事。

俄大　也沒有怎樣失望，然而也不很舒服哩。而且國內的不平黨要鬧事；屬國也想造反；乘機覗隙的東西，各處現出影子；又少不得錢用：這回的戰爭，實在有點後悔了。太看低了別人，所以糟的罷。

惡魔　正是呢，然而反可以當一服藥罷。不要以爲很強了，只是自負纔是。而且不將兵器改良，也不行的。其實可怕的並非日大，卻是德大；不小心，也不行的。

俄大　但倘使戰爭下去也該可以得勝，然而也想歇了。照這情形再拖幾時，是不了的。

惡魔　這也好罷。可是戰爭完結之後，不小心不成。

俄大　好好，小心就是了。現在停了戰，雖然受一點損。

惡魔　那里話，也受不了什麼損的。因爲日大這一面，也暗地裏願意休戰哩。況且想要一個翻本的機會，隨便什麼時候都行。

俄大　這不錯。我也知道和日大的爭鬧，這回是初次，却不是末次哩。

惡魔　只要等着機會，好機會一定來。日大已經很得意了；如果沒有利用的必要，他們一定竭力的想滅日大。這時候，你要什麼拏什麼就是了。現在還是教他得意一點好。

俄大　實在不錯。這樣子，便停戰罷。

惡魔　再見。萬不要忘了擴張軍備和兵器的改良。

俄大　不忘記的。（退場）。

惡魔　呵，我也睡覺罷。神小子睡眼蒙朧的跑來了。

（神登場）。

惡魔　如何？

神　我依舊閒着；因爲無論那一國，都不來和我商量。然而我放心的看罷，俄大和日大，我雖然睡着，也自和解了。

惡魔　然而這和解，是最合我的意思的和解方法呢。現在要拚命的取了租稅，用到軍備上去了。爲了那邊指頂大的地面，日大却犧牲了幾萬人哩。你看罷，那便是日大的國裏的人們因爲平和了，正在生氣，說更須戰爭更得利益呢。

神　然而我是放心的。又要睡了，我的覺醒，人們彷彿不喜歡似的。然而我相信最後的勝利。便是你，也不過在我的手下差遣着的罷了。（退場。）

惡魔　眞教人吃驚呵，這小子的自負。而且也眞會睡。我也睡一刻罷。阿呀，似乎德大到了；我簡直沒有睡覺的閒空了。神小子說，他醒來的時候，人們都不喜歡；我睡下的時候，人們却也彷彿都不喜歡似的。這樣看來，人們大約以爲我這一邊，是一個萬不可缺的東西哩。

（德大登場。）

惡魔　德大，怎了？多日沒有見了。

德大　就是忙；如何，我的國漸漸興盛了罷！這就因爲我國的人們和別國的人們，腦髓構造不一樣的緣故；不問什麼事，全是合理的做去的緣故；而且別人不會再想的地方，我國的人們却能硬着頭皮再想進去；什麼事都用了好法子，耐心做去。買賣這一面，現在便可以勝過英大給你看了；因為最可怕的只是英大呵。俄大這回成什麼樣子，竟被我的徒弟一般的小小的日大，治了一下子就壞了。唉，我的世界，目下就要到了。

惡魔　這實在佩服；我希望的就是你。陸軍無論怎麼說，自然是你的國超等，可是海軍總還得算英大哩。

德大　請你看着；就要將保守的英大嚇他一回給你看。能够飛在空中的完全的飛船，已經發明了；就要成一件像樣的東西了。

惡魔　這纔是好法子。總而言之，不要輸與英大呵。

德大　目下定要勝他，請你看着。已經有了成算了。請你再等十五年罷。現在失陪了。

（英大登場。）

德大　英大兄麼？總是很興旺，好極了。

英大　你這一面，英年銳氣，這纔很興旺，好極了。

德大　然而無論如何，總趕不上你，因為海洋是總是你的。

英大　這已經要成過去的夢了。

德大　這是謙虛的話。

英大　並非謙虛的話。像你這般的元氣的出了世，我這一面，也疏忽不得呢。

德大　我這一面是毫無野心的，請放心罷。

英大　軍艦造得頗不少了罷？

德大　你這一面，造得更多罷？

英大　因爲國防上必要的數目，總得造的。

德大　爲了國防，大家都得費去許多錢，實在是可歎的事呵。

英大　眞的。這樣下去，會成國防倒賬了。你這邊顧慮一點。可好呢？那麽辦，我也就顧慮了。

德大　我這一面，實在沒有造到必要以上呵。不要擔心就是了。可是你這一面，彷彿有點野心，我卻擔着心哩。

英大　這話是應該我這一面說的。我這邊總是被動。所謂野心，我這邊實在沒有。

德大　但願這話可以相信就好了。

英大　請放心罷。

德大　還是你放心罷。告別了。再會。

英大　再會。

德大　（退場時獨白，）這小子又圖謀着什麽哩。這小子的沒有破綻，實在教人吃驚。小心着纔是。（退場）。

惡魔　英大兄，什麼事？

英大　德大來做甚麼的？

惡魔　來自慢的。說就要收拾你，給我看呢。

英大　想收拾，收拾就是。我這一面，也不是這樣的傻子哩。我認定德大是世界的惡魔；要教全世界知道他是世界平和的讎敵。

惡魔　他是對於你的利益最有妨礙的國，這一節，卻瞞起來麼？

英大　這種事何必特地嚷出來呢。這單是我國的事罷了。我的事情說給別人聽，也無聊的很呵。

惡魔　總之你的國，本國雖小，依然是世界第一的國哩。老實的國，一定都如你的意的。

英大　這是因爲我幫他們的忙，所以感激着呢；而且利用他們，就是爲他們謀幸福，這一舉兩得的外交的秘訣，我是揑着的。這一點什麼德大，也及不上我的皮毛；因爲他只想着自己的事。這種思想的國，在現世定要亡掉的。因爲先行儘量的利用了，然後慢慢地拿出暗拳來，纔是外交的秘訣，征服世界的秘訣哩。

惡魔　實在不錯。德大不是你的敵手呵。你爲了金鋼鑽，不惜打了杜蘭的手段，我也始終佩服着呢。

英大　不要提起這事了；因爲現在倒反後悔了。

惡魔　那便還了他罷。

英大　這可不能，爲此死了許多人呢。

惡魔　眞不愧是你，雖然後悔，旣得的東西，卻不再吐了。

英大　倘使這麼老實，在這世上活不成的。無論那一國，這一節全都相同。因爲強者的正義和弱者的正義，模樣有些各別的。

惡魔　這也是的。

英大　弱國做強國的餌食，正是自然的法則呵。然而我卻並不專管自己一面的事；對手的利益，也想到的；而且也知道該給對手滿足，不要撩他生出不平來。決不像暴發的德大，只是鯨吞虎噬的。

惡魔　你眞是很可怕的小子呵。

英大　然而假使沒有我罷，俄大和法大，一定要做德大的奴隸；爲世界的平衡計，我是萬不可少的。

惡魔　委實不錯，你和德大，正是好對手哩。

英大　爲我計，德大是必要的。爲德大計，我是障礙；爲我計，德大可是必要的。這就是我的偉大的地方，無論德大怎樣不舒服，總不過做一個爲我利用的傢伙罷了。然而這是笑話。再見罷；再會。（退場。）

惡魔　再會！這東西比那德大，眞眞勝過一籌。神小子還睡着罷？以後可是有趣了。先在小事情上鬧一點事，逐漸的做到大戰爭，教這小子看看我的事業，多少可怕。誰都警備着；饞急着。這就是我所瞄準的地方；因爲有此，我纔能成我的事業，將人們拖下滅亡的谷裏去。姑且在小事情上使他們爭鬧起來罷。便就近投一星小小的火，再去睡一會罷；起來的時候，全世界都該燒着了。早都准備了；油也澆了；只渴望着火。傻小子呵，爲了一點小貪慾，卻捨了性命和財產，大家拚命相殺哩；全不想到自己也會被殺哩。神造的東西，全都是這樣的昏蟲罷了。專管目前，貪慾沒有底，利益上毫不放鬆。但一到緊要時候，便發了昏。說是要殺就殺，我不要命了！要便拏去，可是要取你的命哩。哈哈哈，爲要活着而貪的呢？還是爲要死掉而貪的呢？實在索解不得。說是如果有損，而且別人有所得，還不如死的好，所以可笑哩。神小子。眞造了太可笑的東西了。那小子也有點老昏了。但人們善於自負的地方；卻眞不愧所謂神之子哩。哈哈。火是延燒起來了。准備了醒來的高興，先睡一會覺罷。（躺下。）

（少女就是第二幕中的女三，略略以先，坐在看客席上，正當青年的背後；此時拍着青年的肩頭，青年回顧。少女微笑，略打招呼。）

青年　你怎的在這里？

少女　來看戲的。

青年　別的幾位呢？

少女　都在後臺哩。

青年　那一位乞丐呢？

少女　不久也即釋放了，趕出了那個村莊，到了這里了；現在也在後臺。還說很願意再和你見一面哩。

青年　原來。還有著作劇本的那一位呢？

少女　扮着惡魔的，就是那人。

青年　這麼一說，就覺得無怪聲音有些耳熟了。這回的劇本，又是誰的著作呢？

少女　也是那人。那人也說正想和你會一面呢。

青年　這樣麼？我也正要見他。

（此時寥寥的幾個看客，吹唇教靜。）

青年　那便再談罷。（復了原狀。）

（神登場。）

神　惡魔這小子睡着哩。（遍看各處，）阿呀，又鬧玩意兒了。淋漓的澆了油；點上火了；而且將導火線縱橫綳着哩。然而便是人們，也還沒有如惡魔意料中這般簡單，切斷導火線這點事也還知道的。但也危險，給他滅了這飛火罷。又想睡了：人們的小子，總不願意我起來。被我看見，還有些羞罷。不久成了不至於羞的模樣，便會自來叫我的罷。還是安心睡覺去罷。雖然常常醒過來，但當眞醒了看人類，大約還是略略後來的話哩。睡罷。火勢有點衰了。然而目下還只好讓惡魔高興做了惡魔的犧牲的人們，雖然可憐，但既然吃了智慧果，便免不得有身受這運命的飛沫的東西。除非人們自己小心，不受這飛沫。好好，我再睡罷。（退場。）

惡魔　唉唉。（欠伸着起身，遍看各處，）阿呀，好奇怪，火消了。怎的會這樣？怎麽一回事呢？阿呀，誰將導火線割斷了。不近人情的東西！但是看罷，這回一定留了神，弄出大戰爭來給你看。德大俄大法大以及奧大意大日大，都要扯他們進了戰爭的深淵。神小子已經想出了飛機，兵器也很有長進了；教他們應用了這些，做一回大布置的殺人罷。我不會錯，神小子該出驚罷。而且還要教英大採用徵兵主義哩。看着罷。但從那里先點火呢？還是叫了俄大的外甥塞大，挑撥一下罷。塞大來呵！這小子正恨着奧大；而且也是很容易挑撥的小子哩。塞小子，已經到了。

（塞大登場。）

塞大　什麼事呢？

惡魔　倒也沒有什麼別的事，聽說你的火伴，正挨着奧大的辣手哩。

塞大　是的，正挨着辣手哩。

惡魔　不生氣麼？

塞大　怎不生氣，但現在沒有報讎的機會呵。

惡魔　那里話，要造報讎的機會，多少都有。況且你的後面有俄大，奧大也不敢輕易動手的。不要太畏葸罷。

塞大　但是我這邊，戰事剛纔完結，國有點疲乏了。

惡魔　不要說沒志氣的話。你的國是強的，全世界都承認：奧大也有些懼憚呢。這樣費了氣力，那利益都被奧大胡亂拿了，同胞還要被迫壓怎麼忍得過。還是做一番，教他知道你的國也有骨氣纔好罷。

塞大　倘有好方法，也願意做的。

惡魔　不必別的，只要治了奧大的皇太子夫婦就好。這小子一定要成可怕的暴君，不趁現在治了，實在是後患。他的老爹已經老昏了；可怕的便是他們兩個。只要殺了那兩個，怕死的人對於你的同胞，便會比現在寬大不少罷。

塞大　可以行麼？那兩人倒實在有治一下的價値。爲了那小子，我們的同胞無罪入獄，甚而至於還有被殺的哩。但是成了國際問題，那就麻煩了。

惡魔　那里，不妨事的。如果事情弄大了，俄大會來幫忙。

塞大　那時德大又怎麼辦呢？

惡魔　出了這樣事情，實在是大不得了，所以該會想法子中途捺消罷。不必愁的，一定是殺了上算。單是殺人的勇士，你這里也沒有一個麼？

塞大　多着呢，但顧忌着國的運命哩。

惡魔　還管這等事，說不定奧大要凶到怎樣哩。

塞大　的確不錯。給他看點斤兩罷。

惡魔　那便奧大要吃驚，要慌張了。

塞大　對於將我同胞不當人看的罪，給他天罰。

惡魔　好好的做罷。

塞大　好好的做去。怨恨浸透了骨髓哩。再見。

惡魔　什麼時候辦？

塞大　立刻辦給你看。（退場）

惡魔　雄赳赳的去了；看這樣子是要做的。我連結着的導火線上，這可落了火了。便在我也要算好方法了；這回一定教成功。彷彿已經辦了哩。奧大來了。連奧大這寬氣兒也怒的利害哩。

（奧大登場。）

惡魔　奧大怎了，何以這樣發氣？

奧大　塞大國裏的小子，將我國的皇太子夫婦害了。

惡魔　這眞眞是萬分可惡的東西呵。

奧大　這事很像受了塞大自己的意志做的。

惡魔　這是一定的事。

奧大　我也以爲一定如此。我所以和塞大理論，要報足這怨恨；要教他後悔這次的行爲。

惡魔　這是當然的事。遭了這樣的毒手不開口，是男子的恥辱哩。

奧大　是呵，無論怎樣，這讎一定要報的。

惡魔　這樣纔是正辦。你的國民，也要求如此罷？

奧大　不知道有沒有例外，假使竟有，這便是不能稱爲國民的人了。

惡魔　不錯，實在不錯。

奧大　國民還都說，要滿心滿意的報讎；倘不滿意，是不應承的很有免不了示威運動的勢子哩。

惡魔　這實在是意中事呵。

奧大　這便要開強硬的談判去；倘不聽，便是戰爭也顧不得了。

惡魔　這是當然的事，然而俄大也許暗地裏幫着塞大呢。

奧大　無論誰幫着，也不能閉了口躲起來了。況且俄大出面，德大也就出面，到這樣，便鬧糟了事情，所以俄大也未必開口罷。但也沒有閒空再顧忌這等事了。

惡魔　是呀，這纔是奧大哩。（拍奧大的肩，）切實的辦。

奧大　切實辦去。我如果被人看作受了侮辱，也只能縮着頸子，那便即使亡了國，也要戰的。此後要提出洗刷國恥的要求，給國民幾分滿足哩。再見罷。（退場。）

惡魔　再見。全照我的意思一樣了，有趣。（巡行。）

（塞大登場。）

惡魔　辦的好罷？

塞大　辦是辦得好的。但奧大怒極了；而且對了我這邊，出了無禮的難題目。奧大簡直用了不將我當作一個國的態度，說若不依他的話，就要用兵哩。他這般說，我這邊也就不能默着了。

惡魔　那是一定的。奧大因爲你小，不當東西哩。

塞大　是的，所以令人生氣，但也想問一問俄大兄的意見哩。

惡魔　這一定得問。俄大爲了你，未必不幫忙罷。

塞大　總該如此。阿呀，俄大替我着急，正從對面來了。

惡魔　正好正好，好好的對他說罷。

（俄大登場；塞大忙跑上前，握手。）

塞大　血族受人侮辱，請你當作對於自身的侮辱一樣看罷，

俄大　一樣看的。你的不幸，便是我的不幸；你的損，便是我的損；你的恥辱，也便是我的恥辱呢。奧大對着你，提出了無禮的要求，也就是看不起我；以爲我打不過日大，便容易對付哩。你放心罷；我居中給你說話；我沒有答應，奧大也未必敢糟蹋你。

塞大　拜託拜託。可是托着奧大肩膀的還有德大，也得留神纔好。

俄大　但沒有最後的決心，便要受敵人侮慢，給他看倒的。已經有了最後的決心了罷？

塞大　已經有了，請放心做罷。

俄大　但還是由你回答的好；到時候，我來說話就是了。無論如何，奧大是不必很怕的。我出面，德大也就出面，他是野心家，說不定會做出怎樣事情來呢。然而德大動手，法大英大也便坐視不得。這麽來，事情可就鬧大了。現在還是只裝着你和奧大鬧事的樣子罷。

塞大　這樣子，奧大便要看低了我了。

俄大　露一點我的意思給他看就是。但要小心；然而怕奧大是不必的；便是奧大，也知道我幫着你，而且法大英大幫着我呢。無論怎樣生氣，危及國家的事也未必做的。

塞大　然而示威運動很猛烈呵。示威運動固然也許含着外交的策略；但蠢笨的羣衆便會因此發昏，再沒有想到什麽國家的事的餘裕了。

俄大　我不怕奧大；只是在他背後的，苦心經營的想尋機會征服世界的野心家，名譽心很強的德大，却怕哩。這小子什麽事都會做；况且軍備也周到了，自負又利害。

惡魔　（插嘴）然而俄大兄，現在德大倒還沒有什麽可怕；德大慾望大，還候着更好的機會罷。現在就起來，料德大也還沒有豫備得這般周到；再遲四五年，許會興高采烈的起來罷。所以塞大兄也可以強硬點，外交一讓步，是沒有底的；就要得步進步的。而且別人就以爲這國度沒有戰鬭力，國力已經疲弊了。被敵人這般想，還了得麼？况且奧大又實在這般想看低了你的。你能強硬，奧大便要吃驚。你的國自有你的國的法律；蔑視這法律，就同不認你的國爲獨立國一樣了。這樣的侮辱，那里還有呢？切實幹罷。

塞大　切實幹去。我爲平和計，可以讓步的總想讓步；但不能讓步的事，是不能讓步的。我不是奧大的屬國哩。

惡魔　一點不錯，一點不錯，斷然的回絕他纔是。俄大兄，你也這麼想罷？

俄大　實在是斷然的回絕了好。

塞大　那便去斷然的回絕。他失陪了。

俄大　那麼我也同走罷。

（塞大俄大退場。）

惡魔　毫不招呼的走了；很張皇哩。這回該如我的意了；不會不如意的；已經澆了油，用導火線二層三層的聯着。塞大的回答，奧大定要發怒；往返一定不調；談判定要炸裂的。神小子這回醒過來，定要出驚了；這一回，可再不給他說「我相信人們」了。呵，奧大發了怒來哩。

（奧大登場。）

奧大　欺人太甚了；便要教你知道。

惡魔　奧大，獨自說些什麼？塞大又說了無禮的話麼？

奧大　是的，我的要求，竟不當一回事；以爲只要威嚇我，我便會撤回要求哩。就令那邊跟着俄大，跟着甚人，正當的要求，也沒有撤回的理。國民全部「戰爭戰爭」的喊着哩。塞大那一面，擺着不怕戰爭的臉；我這一面，也決不怕戰爭的。無論怎樣，還沒有老昏到竟須受塞大的欺呵。我國皇太子夫婦被害的情形，已經烙印在國民的腦上了。做這事的是發瘋是正經，有無塞大的意志這等事，一看就明白；想含糊過去，是不能的。就令惹出怎樣可怕的事，罪孽總在塞大；正義之神是在我這邊的。我決不能將要求收回一些子；須做到底纔罷休。現在我這一邊，倘若略略讓步罷，怎麼能教國內平靜呢？我不讓步的，決不讓步的。

惡魔　對呵，你的要求的正當，誰都承認的。塞大眞眞是糊塗小子呵。況且俄大抬着肩膀，便愈加讓步不得了。

奧大　俄大算什麼？輸給日大的俄大算什麼呢？俄大起來，德大也就起來。俄大不是德大的敵手呵；便是那小子，也未必這麼傻罷；也該知道自己站出來便要鬧出可怕的事罷。所以想來只是恐嚇罷了。我不上恐嚇的當；但即使當眞出來，我也不怕的。

惡魔　德大從對面來了。

奥大　德大來了麼？

（德大登場。）

奥大　（跑上前，握手，）來得眞好。

德大　惦記着你的事，特地來的。你放心；即使俄大法大英大都轉到那邊去了，也不必愁的；因爲這一點預備，我早已整頓好了。喜歡戰爭的必要，固然不必有；但恐懼敵手的必要，也不必有的。何日何時，陷落那里的京都，攻進那里的京都，我都清清楚楚了；一日裏調動幾百萬軍隊，也容易的。有我幫着，只要放心就是。

奥大　多謝，聽了這話，我就放心了。

德大　（露出臂膊，）這臂膊正在納悶哩。（拔劍）這劍正要喝血哩。我也並不喜歡戰爭；但這回再不戰，在這世上，可沒有伸張力量的餘地了。切不要怕戰爭。但能平和而得到光榮的解決，卻也可以的。只是我也想將我的武力，給世間看看？將我的腦怎樣能幹，給世間看看。（且走且說）奥大，好好的做去；運命所給與的東西，不必怕的。

奥大　聽了你的話，我也放心了。決不做辱沒我們種族的事。

德大　以後總有細細商量的時候罷。總之不要怕。

奥大　不怕的，這就失陪了。

德大　再見。祝你幸福。

奥大　多謝。（退場）

德大　（看見惡魔，現出快意的笑容，）終於來了，料定了的時候。

惡魔　你該高興罷。

德大　並不高興；但也沒有不高興。這是成敗關頭呵；不能單是高興的。

惡魔　然而勝利該是你的罷。

德大　這大約是我的。

惡魔　勝利的喜悅，是賦給人們的最大喜悅呵。你想嘗這喜悅罷？

德大　這是想嘗的。

惡魔　像這回的機會，是不會再來的呵。

德大　這我也知道。

惡魔　你抱了多年的期望，這番該要成功了。

德大　料來最後總要成就。但英大許要作踐了殖民地哩。

惡魔　但倘若取了比大的國，……

德大　那邊是中立國呵。

惡魔　然而你的方略，不是從此侵入麼?瞞也無用的。

德大　委實如此，並且用飛船飛機和潛水艇，趕掉了英大的軍艦，攻進他本國裏的時候，

……

惡魔　這也不是做不到的事。只要用了你的縝密的腦髓，科學的智識，你的耐心和固執，送陸軍到英大的本國裏，也未必是做不到的事。

德大　我也這樣想。一個月之內，先破了法大的首都，順勢再進俄大的首都請你看罷。

惡魔　你的陸軍，這一副力量該是儘有的。

德大　我也怕戰事的悲慘；但在這世上，太怕這事也不能了。好歹總要打一仗的。英大所有的是教我國滅亡了纔罷的意志；不到一邊再也站不起身的時候，是誰也睡不穩的。運命倘教我戰，我便拚出死力，去治這姦佞無比的英大。他隨處妨害我，我和他已經成了不能兩立的關係了。這事英大也明白；現在不治，不知道又要計畫怎樣可怕的事了。

惡魔　都不錯，你和英大，正在不能並立的關係上哩。

德大　請你看着。倘使此番趁這機會，起了大戰爭；而且，不知道是徼幸還是不幸，竟和英

大戰爭了，我一定要懲治英大給你看。雖然隔着海，可是現在不比先前了；一定渡過海給你看。

惡魔　只要渡得海，你的勝利便無疑了。

德大　一到動手的時候，我的活動怎樣敏靈周到，都請你看着就是。

惡魔　我看着。好好的幹。

德大　請看着就是勝算（拍着胸口），在這里哩。再見。（退場）

惡魔　再見。我多少聰明呵；全照我的預算辦了。然而德大，照你這預算却不行；你的預算太如意了。我的妙算，是要兩邊一樣力量，互相殘殺的；這一邊輕輕的勝了那一邊並非我的希望。我是公平的；而且戰爭愈長久，我也愈喜歡；而且戰爭的犧牲愈多，人們詛咒自己生來做人的事愈凶；也便是我得勝。神小子什麼都不知道的睡着；醒來不要出驚！

（英大登場。）

惡魔　英大兄，想甚麼？

英大　奧大和塞大的鬧架，像要鬧大了。

惡魔　似乎總要鬧大。

英大　我也願他鬧大。但也怕呢；因為我的幫手，有點靠不住。想起來，總還是德大強些哩。

惡魔　然而你的本國和殖民地，是萬全的。

英大　這該萬全的罷；或者用了飛船，加一點恐嚇罷了。殖民地自然也無礙；我卻要全取了德大的殖民地哩。我所怕的，只在德大去奪那中立的比大的國，以及占領了法大的海岸線。

惡魔　未必會有這等事罷。

英大　即使法大的海岸線不足慮，比大的海岸線卻容易占領的；因爲德大確乎想走過了比大的國，來威嚇法大和我的國呢。這東西是野蠻，便是侵入中立國，也不介意的。

惡魔　但比大有很好的要塞罷。

英大　這是有的。比大也未必肯聽德大的無理的要求；我想比大也還會戰爭，但萬一嚇倒了，竟依了德大的話，可就糟了。

惡魔　這只要和法大兄商量妥當，用你的專長的外交法，比大總該加入你們這一面的。聽倒隨便走進自己國裏的要求，便是比大，也未必舒服罷。

英大　比大如果肯拚命，法大和我的軍隊都去救，海岸線便不會落在德大掌中了。這時俄大也進攻；法大以爲報復多年的讎恨，正在此時，也拚命的戰了。奧大是毫不足慮的。意大近來頗恨德大，大約未必幫德大的忙罷。

惡魔　無論如何，你總有增加軍隊的必要呢。義勇兵容易招集麼？

英大　自然，立刻招集給你看。

惡魔　可是這回的戰爭，義勇兵有點難哩。

英大　不妨事的。義勇兵不行，你說怎樣？

惡魔　除却用德大發明的徵兵制度，沒有別法了。

英大　我不想將不願出征的人，趕上戰場去。倘若必須借了心裏怕死，抖抖的出戰的人們的力量纔能保得住國，還不如亡掉的好。我國的人們，對於受了強制，爲國効死的事，是很以爲恥的。這簡直是將人不當人的行爲；這是只有德大纔能想出來的，抹殺了人的價值和祖國的愛的制度呵。

惡魔　但許多國都實行了。

英大　即使所有國家都實行了這制度，獨有我的國裏，却不許這樣骯髒制度進去的。強制他們，用死來嚇，這樣的事能行麼？我只是將爲着祖國自願出征的人，送上戰場去；還要冠冕堂皇的打勝了給你看哩。

惡魔　你倒總是紳士模樣的意見呵。但這意見，現在須取消了纔是。

英大　請放心，單用義勇兵就够戰；單用那因爲祖國非戰不可的人們戰給你看。

惡魔　能夠如此，實在是你的國家的光榮了；好好辦去，不要失卻這光榮罷。

英大　便要教失卻也不會失卻的。戰爭定要開手罷？

惡魔　德大的殖民地，這便是你的了。你正在最好的位置哩。

英大　正義是在我這一邊的。

惡魔　我也在你這一邊。因為你能知道正義可以利用的哩。正直是最大的政略，所以你要正直，這便是我所極頂中意的地方。這回開戰，損最少得最多的該是你了；因為將德大關在本國裏，使他動彈不得這件事，在你做起來，比一抬手還容易呢。

英大　（露出會心之笑）現在正是時候了。我對於運命所給與的東西，決不逃避。正義在我這邊；還有勝利和利益也在我這邊。不趁此刻治了德大，怕未必再有這般好機會了；而且要成無可挽救的事了，俄大和法大，都要將我當作救主看罷。戰事一定要有罷？

惡魔　戰事是未必能免了。

英大　德大！要斷掉你的手足了；要教你再也站不起身了。誰想和我競爭，不知道我的利害的，便都要按倒，再也站不起身。

惡魔　對面俄大和法大都來了。

英大　來了麼？

（俄大法大登場三人無言，握手。）

俄大　英大兄，正尋你呢。

英大　鬧出大事情了；我正在擔心哩。

俄大　奧大和塞大的戰爭，終於不能免了。

英大　這樣麼？那也無法。你也想和奧大開戰麼？

俄大　此外也沒有法；因為塞大的國，倘被奧大佔去，那就糟了。

英大　你起來，德大也要起來罷？

俄大　就防這一著。

英大　（對法大）假使德大加入戰爭，你也就加入戰爭罷？

法大　自然，不能單聽俄大兄吃虧的，你呢？

法大　自然，和你們做一夥。

俄大法大　（合）肯做一夥麼？多謝多謝。

英大　自然做一夥。但我姑且裝作中立模樣，教德大加入戰爭的時候，能夠愈拖延便愈好。

法大　這麼辦，我這邊便有救了。

英大　因為德大這邊，準備都已完全了；一要起來，幾百萬的兵，立刻便能動。你們的國卻不能。因為德大真是一個可怕的東西哩。

法大　委實不錯。但三人這樣聯成一氣，便無

論德大怎麼掙，都不妨了。這般野蠻國，在我輩身邊威嚇，實在不太平；除卻治他一番，沒有別的法子，

英大　是的。這一回，定要大家固結，無論怎麼辛苦，也得將德大治到站不起身纔好。即使德大開初順手，兩三年後，我們這邊的准備也就停當了。只好耐心做去。大家各用百來萬的犧牲，也是沒法的事。

法大　是的，除了不管用多少犧牲，將他治服之外，沒有法子。

俄大　只要戰爭能夠延長，便是我們的勝利。照現在的情勢，已經顧不得犧牲了。

英大　有這樣決心，勝利定是我們的。只要按倒德大，天下便許太平了；實在是危險的國度呵。

法大　實在是人類文明的破壞者，所以容不得。對於人間最美的事，也全然是無知的。單聽到他的語言，也就心裏不舒服了。

英大　總之大家起一個誓，戰到最後的勝利纔歇手罷。

（憑了神和劍，立誓。）

英大　三人這樣聯成一氣，德大便隨便那里都不能伸手了；只要三面鬧起來，

（塞大慌忙登場，和三人匆匆招呼，走

近俄大）。

塞大　俄大兄，糟了；戰爭終於開手了。

俄大　諸君，那就失倍了。

塞大　小心辦罷。

法大　祝你勝利。

俄大　多謝；諸事拜託。塞大，諸位都肯相幫，放心就是。

塞大　諸君，感謝之至；拜託拜託。

英大　請放心；大家一定要合起來，將奧大和德大都治了。

塞大　聽到這話，眞教人喜歡。（一一握手，）這就告辭了。

俄大　（用兩手向英大法大同時竭力的握手，）拜託。

英大　請放心。

法大　上心幹罷。

（衆人都說着再見再見，回顧着，或目送着，塞大和俄大退場。沈默。）

英大　你的國裏，沒有人反對戰爭麼？

法大　就同沒有一樣。不贊成的人，也許有的；便是敢於反對的人，也許有的。但有什麼用呢？不過毫無力量的反對罷了；輿論不會理他的；而且國民的勢燄，因此只會激昂，却不會衰弱。對於德大，都懷着惡感哩；都不喜歡祖國的文明被德大破壞;祖國的風俗受了德化,也都眞心憎惡的;而且我們的語言被德大的語言壓倒,也都不高興;與其如此倒不如死了。從前屬我國,現在成了德大的東西的二州,已經德化到怎麼地步,只要想到,心裏便難受,對着德大,不能不湧起憎惡了。我國的人民,定然一致,爲祖國的文明風俗習慣語言戰的。

英大　聽過你的話,便放心了。倘使那野蠻的粗雜的無趣的氷冷的理智的單講科學的德大的空氣,當眞支配了世界,我們的國民便難望活着了。

法大　只要聽到那種語言,便實在令人胸口作惡:而且那氣味也難受;正如我國的一個詩人所說一般。

英大　總之亡在德大手裏,便不得了的。除卻懲治到底,使他再也起不來之外,沒有法子。

法大　很是很是,你這一邊,也都有戰爭的決心的罷?

英大　這自然,放心就是。然而大意不得的,便是德大也會侵入中立國的比大的土地這一著。

法大　我也正怕這事哩。可是比大不喜歡德大文明的很多。比大只要一想,那德大的兵,在自己國裏隨意走動用了兵力提出無理的要求，也未必能輕輕答應罷。

英大　那國裏，許多是說着和你相同的國語，讚美你的文明的。這由來已久了，所以未必肯做於你有損的事。但我們兩人仍得小心；因爲萬一竟聽了德大的要求，那就糟了。

法大　不錯，倘若比大的海岸隨便給德大使用，你的國也就糟了。

英大　我的國倒還在其次；因爲軍隊通過中立國的理，是沒有的。萬一竟有這事，而且德大也做得出，我總要對於德大，提出抗議去。你還是盡點力，囑付比大，假使德大有這要求，教他不要依罷。

法大　這事一定盡力做去，總之要趁這機會捺倒了德大纔好。俄大也想必眞心戰爭的。

英大　但我們更該眞心的不怕犧牲的戰爭。

法大　對面比大來了似的；來的正好。

英大　無論如何，必須拉比大成了一氣纔是。假如侵入了比大的土地，還得託比大便在他這里阻住了，愈久愈好，要不然，可就糟了。

（比大登場）。

法大　比大兄，一向好麽？

比大　鬧大了事了。俄大對奧大出了宣戰布告了；德大也終於起來了。

法大　如此麼？那是我也不能這般含糊了。

比大　你也要戰麼？

法大　如果德大起來，我自然也加入戰爭去。不但我，一到緊要關頭，英大兄也便來做我們的幫手。

比大　這樣麼？我還聽到了一件怪事哩。

法大　怎樣的事？

比大　便是德大定了計畫，要通過我國，攻進你的國裏這件事。而且很像眞的哩。

法大　倘若竟有這般無理的要求，你怎麼辦呢？甘心依麼，這不合理的要求？

比大　不不，不依的。我的國裏，作戰的準備雖然不充足，但我旣是一個中立國，想來總該尊重我這一點權利。如果竟不承認這權利，硬要用了兵力，達到要求，我們也不能說因爲可怕，便默默的依了。我爲中立國的尊嚴計，羞聽人說是「因怕戰事依了要求」呢。

法大　這就放心了。眞有意外的好心呵。被德大的風俗習慣轉化，我們應該怕，應該羞的；做德大的屬國，我們應該羞的。

比大　要是做那凱撒的臣民，還是死的好。但如果不幸，竟須和德大戰爭，還請爲我國幫點忙呵。

英大　自然。爲人類計，爲人道計，倘若德大敢用一個指頭來撥動你的國，我們決不答應。儘力的幫忙不必說，此後還要永遠爲你的利益出力呢。

法大　這一節請放心，我們決不肯教你上當。

比大　聽了這話，我就放心了；決心也堅固了。這就告辭罷。

英大　我們也都走罷。爲世界的文明，爲人類的和平，又爲人道，大家都出個死力罷。

比大　我的國雖然是中立國，我國的人民愛重人道這一點，却不下於別國呢。

英大　我對於你國的歷史以及國民性，本來早就欽敬的哩。

（英大法大比大退場）。

惡魔　好容易做到這地步了；現在我也要算好收成了。英大雖然說過大話，不遠却要覺到義勇兵的單是費錢而無實用，一定另外設些什麼口實，採用那強制徵兵主義了；那時候的一副正經臉纔好看呢。德大來了，這小子也生了氣哩。

（德大氣憤憤的登場）。

惡魔　怎的這樣生氣？

德大　他們只說我野蠻野蠻，爲人類起見，滅亡了纔好。我的國裏出過怎樣的哲學者，音樂家，詩人，科學家，醫學家，他們都裝着忘掉了的臉想從人類的歷史上，抹去了我爲人類盡力的功績；而且加上我一個名號，叫作「人類之敵」，說我應該滅亡。我本來早準備被人這般說；而且也養好了不至滅亡的力量了。然而事實總是事實；想將我爲人類盡力的事實否定，是做不到的。惟其有我，人類纔有生氣。他們都是下火，已經老昏了，竟還說過分的話；人類進步的障礙，其實正是他們；治了他們，纔正是爲人類。我已經忍不住了；爲免去我民族的滅亡計，要大鬧一番了。

惡魔　是的，不這麼想，你的國就難保；現在不勝，便沒法了。

德大　我也深知道這事。請你看着罷，不出三星期，就要將我的國旗，插上法大的首都呢。

惡魔　穿了比大的地方過去罷？

德大　自然。敢抵抗，便踢掉了這障礙物過去。

惡魔　然而用心辦纔好。

德大　都準備了。總之這回的戰爭，非勝不可。

惡魔　不要怕犧牲。

德大　不怕犧牲的。誰敢遮攔我內面燒着的力的，得詛咒呵！

惡魔　這回的戰爭，是國家存亡的岔路哩。

德大　眞實不錯，我定要戰到得了最後的勝利。

惡魔　最後的勝利，一定要歸你的。

德大　我也相信如此。我的民族上，有神和人類的祝福；而且我的民族，也有這般的價值。

惡魔　（手拍德大胸膛，）好好的幹，爲你的民族的光榮。

德大　好好幹去。這就失陪了。

惡魔　願你康健。

德大　多謝。（退場。）

惡魔　高高興興的走了。這就結定了讎；以後只要儘着力量煽起他們的殘酷性便好了。但這等事原也不必我出手；人裏面儘有着十二分呢。祝福這復讐心。祝福這賦給人們的復讐心呵！神小子大約還睡着；就令起來，這邊的安排早停當了。這一回，神也該吃點驚罷。可是這小子很冷酷，自負又很強，平常事情是不會動心的；諾亞的洪水時候，也面不改色的看着呢。然而這回，是從人們的根性上延燒起來的災禍哩；而且正是自誇文明的所在，發生的大布置的互相殺傷哩；而且飛火要飛到那里爲止，也都不定；況且還要飛機亂飛，在平和的人民的頭上，投下炸彈哩。人們對神的信仰，因此定要減少了。戰爭終於開了手了。無論那一面都好，死罷，死罷，至少也得多死些罷；而且儘力苦苦的死罷。有趣呵。這模樣，還說人是有理性的動物麼！

（神登場）。

神　爲甚麼，你這般喜歡着？

惡魔　請看，請看；德大的兵已經走進中立國的比大的地方，開了戰哩。

神　這樣孩子氣的事，也會有趣麼？

惡魔　什麼是孩子氣？你的光彩的人們，互相殘殺着呢；用了大布置。

神　這樣的事，我早知道了。

惡魔　知道？你何以不去阻止呢？

神　沒有阻止的必要。

惡魔　人們的不幸，你竟高高興興的看着麼？

神　不是你，並沒有高興；但默默的看着，也並非不能的事。

惡魔　可憐的人們多着呢。

神　這我知道。

惡魔　人們詛咒那生來的感覺，你知道麼？

神　我不是人，所以不很知道。

惡魔　死之恐怖，在人們怎樣可怕，你知道麼？

神　這也不知道。

惡魔　這不是全是你所給與的感麼？

神　我給與了。

惡魔　爲要人們苦麼？

神　我沒有想要人們無端受苦。

惡魔　你請看，許多東西正無端苦着呢。

神　這只是因爲人類的生長尚未完成。

惡魔　假使我做了你，決不將人們造成這樣的傻子，照現在看來，竟像你造人們，是專爲他們來做我的奴隸似的呵，

神　要這樣想便這樣想罷。

惡魔　難道這還不對麼？人們本來平和的度日就好，可是正在戰爭哩；大家正在相殺哩。那是爲什麼的，因爲人們太多了麼？

神　就因爲還沒有將我所給與的東西，十分弄活的緣故。

惡魔　正因爲弄活了你所給與的東西，所以這世上纔有不幸罷。

神　不然，將我所給與的東西，活的偏而不全，所以纔會如此。我於人們，給與了戰爭的本能，給與了貪慾的本能；給與了復讐心也給與了羣集心理；但我所給與的，並非單是這一點。我給與了人們和人們戰爭的可能性；但並非單是這一點。將我所給與的東西偏活了一面，所以那一面便生出犧牲者了。自作自受罷了。

惡魔　但是，惡的得勝，善良的被殺，也是自作自受麼？

神　人類還沒有進透了活透自己的路，所以個人的犧牲，是沒法的。

惡魔　是個人來做人類的犧牲麼？沒有或一個人來做或一個人的犧牲的事麼？

神　也並非沒有。但這就因爲人類的制裁，還未十分實行的緣故。然而人類，總還正在漸漸的變好。從前的戰爭，不比現在的戰爭。那時公然將人們做奴隸變賣，誰都不說錯，最正經的人，搶了敵人的妻女，也毫不以爲恥的。人類的制裁，究竟長進一點了。

惡魔　請看罷；大白晝做着極凶的事呢。兵器比先前發達了；殺人術也發展了；而且都想將敵人滅個乾淨。便是獸性，也不見得不及從前哩。

神　人們還沒有完全。人們還要很受苦，做了犧牲的人們，可憐的。然而人們不會滅亡，也不退步。總要自覺到自己應走的路，一步一步的進去的；也要漸漸感到在自己裏面存着的不合理的事的。

惡魔　這是靠不住的。人們各各分了國度，不將敵國弄成亡國，大家都有些不耐煩；而且要戰到兩敗俱傷呢。老實說，和睦本來是最好的事；可是動不動便翻臉相殺了，好容易纔建造成功的好都市，也互相毀壞了。

神　你就喜歡着這些事罷。然而人們却比你所意料的還要複雜。一到萬分危急時候，定會想出巧妙的逃路的。

惡魔　總之算不得聰明阿。都要性命，却又說性命不算事，互相殺害着，這不可笑麼？殺了對手，能成什麼呢？大家既然都有愛國心，便對於這心表了同情，互相尊敬着，不很好麼？不是因爲互助，纔有人類的進步的麼？雖說是爲國家爲人民，戰爭有什麼爲國家爲人民呢？照目下的氣勢，人們生在世上，似乎專爲着做軍備了。非互相殺害便生存不得的根性，漸漸要加強了；而且若不毀了別國，自國便發展不得的根性，漸漸要加強了。人們的末路近哩。生來做人，不像是幸福，也不像是榮耀哩，以爲現在這世間，人類能有幸福，可是想錯了：你該對我低了頭，說道「你的話對，人們眞不聰明，這樣下去是危險的」纔是。你看罷，連我也要掉過臉去的凶事情，不是到處到盛行麼？飛火是愈飛愈遠了。連日大都加入戰爭了；那國度也不難便亡在劍上罷。你默着；你長太息了。你還相信人們麼？這悲慘不知道什麼時候纔了呢。德大從心底裏希望英大的滅亡；英大呢，不將德大治服，是不肯停止戰爭的。照這情形下去，人們要動彈不得，被禍祟圍困着，一步一步的走近滅亡去了。

神　滅亡？滅亡是決不會的。

惡魔　但照這情形下去看罷，人們決不是幸福哩。國和國的不相信以及憎惡，按了加速度增加上去。大家竭盡力量擴張軍備，當不起這負擔的苦的國度，逐漸滅亡；那風俗習慣言語文明和自由也都失掉了。並且因為竭力要使人沒有謀反的力量，便都成了懶惰無氣力的人了。至於戰勝的國呢，國家增加了費用，又惴惴的怕着謀反，擴張着軍備，心就粗暴起來了。隨便那一件，都是人們的進步的敵呵。然而這氣勢很不能免。除却說是人們此後的運命就要走到盡頭之外，沒有別的話。這些事你不能懂麼？你太迷信着人們了。這氣勢，人們的力是毫沒有方法的。人們留心到自己走着的路的錯處，已經有點遲了；留心着自己的位置，便愈留心愈是大家擴張軍備，準備一齊倒塌的個人的運命，愈加不安了。你看罷，都叫着你的大名求救呢。然而一點沒有法。還有什麼行為，能比用人們的手殺害人們，更加失墜人們的價值的呢？你用可愛的人們的手殺了人們，默默的看着，居然還是人們的神麼？你眞是毫沒力量的只將大樣子給人看，哄騙人們罷了。你毫沒有法子辦罷，連這我也沒有法子辦哩。單是看着。人們向你求救，只是表示人們的至愚極蠢罷了。你只是默着你打呵欠了；你想睡罷？人們在你之前，儘力的獻上了供養，說些一想情願的事，倘知道了你的本心和你的無力，該要驚倒罷！

神　我要睡哩。（靠着岩石睡去。）

惡魔　眞教人出驚的小子呵。可是神小子默着了；天下是我的了，如我的意了。

（德大登場。）

惡魔　怎了？

德大　總不能如意的做去。

惡魔　造些更大的大礮；並且用那毒氣罷。並且用飛船將炸彈拋到英大的都裏去就是；不管是孩子是女人，愈多殺愈好。在比大的地方，却很作踐了呵。

德大　這是大家恰恰殺氣升騰了；蒙比大的照應，像算有點亂了。

惡魔　不妨事的幹罷，幹罷。將敵手當做人看待，是不能戰爭的。

德大　要幹的忙的很，就告辭罷。（退場。）

惡魔　都是殺氣升騰了，不如此不行。英大來了似的。

（英大登場）。

英大　德大的做法，是違背人道的。

惡魔　何消說呢。你這邊也不要不及他；單是義勇兵，許趕不上罷。

英大　我也悟了；單是義勇兵，也仍是趕不上。覺得有強制的必要的。

惡魔　悟得好，這纔英大萬歲了。你這邊一定勝。

英大　我也這樣想。

惡魔　不是大家格外決心，將德大斷送不行；那是可怕的東西呵。

英大　是的。我煽動所有國度，都對着德大戰爭。

惡魔　德大完結，便是你的天下了。

英大　這還請你秘密着。

惡魔　好好的做。須小心，不要使大家失了勇氣。

英大　小心就是。

惡魔　德大如果用毒氣，你這邊就用更凶的毒氣：德大如果殺了平和的人民，你這邊也就加甚的殺。不要將德大的一夥當做人看。不管什麼孩子什麼女人，都當作仇敵，使他們格外吃苦纔是。因為德大這邊先就預備這樣的，打沈了無罪的商船，還高興着哩。

英大　便是我這邊却也沒有什麼不及他的。

這就再見。(退場。)

惡魔　再會看罷，英大終於進了將拒絕出戰的人們當做罪人以上的罪人，孱頭以上的孱頭，國賊以上的國賊這一夥了。何如？我的力量。何如？這世間都如我意了；是我的東西了。現在不但是國和國的爭鬧，還有窮人和富人的爭鬧，工人和資本家的爭鬧，平民和貴族的爭鬧，要用了這些爭鬧，儘量的作踐了這世間請賞鑑呢。沒志氣的講大話的神，你總是睡覺；人們永遠用不着你；你還是等到人們衰弱透了之後，再慢慢地醒來罷。以爲和外國只有戰爭這一條路的人們呵，戰罷，戰罷，直戰到大家亡掉罷。要用了個人的詛咒，包裹了這世間哩。是的，是的，國家和國家呵，互相戰爭罷。總之，總之用了你們自己的手，將你們的血，多流一滴到地上，我便喜歡的。因爲這便是將創造人們的東西的愚昧，在宇宙上發表哩。是的，是的，各國呵，再擴張軍備罷，擴張軍備罷；儘力的，不儘力的以上的。要不然，你的家要亡了。將這事銘心刻骨，萬不要忘了。哈哈哈。

(神醒來，起立。)

神　但我相信人們的。

惡魔　你將理性給了人們沒有？

神　的確給了。

惡魔　你因爲迷信着自己，所以也迷信了人們。人們可是這樣的到了窮途，動彈不得了。倒想要看看那時的你的嘴臉呢。

神　人們一定就要走進較正的路。而且更爲大家互相的幸福想法罷。

惡魔　那麼樣的也能麼？那麼樣的也能麼？

（在第一幕出現的戰爭犧牲者的不斷的一列，續續走過。）

惡魔　出了這許多犧牲者了；豈但沒有醒，還想弄出更多的犧牲者哩。而且國和國的關係，也只壞下去，壞下去罷了。這樣子，你還相信人們麼？

神　相信的。

惡魔　哈哈哈。（黑幕垂下）。

女三　我告辭了；因爲在這一場須出臺呢。

青年　原來，那就再見。

女三　不不，也許從此再不能見面了。

青年　這是怎的？

女三　就因爲演劇完了之後，我有點事情；而且你也未必能長在這里罷。

青年　這樣的麼？那就什麼時候再見罷，

女三　願你康健。

青年　多謝。

女三　再會。

青年　再會。

（女三退場。男一登場，一半還是惡魔的裝束手拍着正在出神的青年的肩頭。）

男一　（快活的說）久違了。竟承你來看這樣無聊的東西。

青年　很有趣的看了。

男一　雖然是無聊的東西，但請你對朋友談談。

青年　我談去。

男一　其實，此後人們的運命，倘照現在這般進去，是不了的。

青年　眞的呵。雖然這麼說，但革命卻也覺得可怕。覺得不知道怎麼辦纔好，很想冷眼旁觀着似的，但又覺得這也可怕。

（乞丐登場。）

青年　聽說你釋放了，恭喜恭喜。

乞丐　那一邊恭喜，很難定哩。能看到這般的戲劇，總算託這福蔭罷。

青年　你以爲這世間怎麼辦纔好呢？

乞丐　是的。也仍是除却仗着實行，使人們從心底裏知道多謝的東西的眞正多謝之外，沒有方法罷。也仍是除却從民衆覺醒過來之外，都不中用罷。

青年　這可不得了呵。這以前，不會有可怕的事出來麼？

乞丐　出來又另是出來的時候了。知道那多謝的東西的多謝，就令這事又作別論，在人們許是必要的。知道撒了禍的種子的可怕，也必要的。在人們所可怕的、並非戰爭，卻是產生戰爭的東西。在儘力的將活力給與產生戰爭的東西的這現世，生出戰爭，也是當然的事罷。

青年　倘不將活力給與產生戰爭的東西，國不會亡麼？我是想不亡國而去掉戰爭哩。

乞丐　着了。但如果所謂「國」這思想，全如現在，那可不能。須憑着民衆的力，改換了國的內容纔是。世界的民衆成了一氣的時候，從根底裏握住手，那時戰爭便許自然消滅了。民衆無端的恐怖着；互相誤解着；不能眞明白彼此都在兩不可無的關係的事，至少是平和的下去卻是彼此幸福的事，所以不行的。還沒有眞明白凡有損人利己的人們，不管是本國人是外國人，都應該當作平和之敵，加他制裁，所以不行的。承認現在的國家卻否定現在的戰爭，這可決沒有這樣的稱心事呵。

青年　我也覺得如此；但要改變現在各國的意志，又覺得是不可能的事呢。

乞丐　全在根，全在根，全在民衆呵。人們再進步些就好了，再一步，再一步，再兩步。

男一　你竟像我所寫的神一般的樂天家哩。

乞丐　是的，我相信人們。比那一位神尤其相信人們哩。

（鈴響；都拍手。黑幕抽上。平和女神和侍女們在一起；都飢餓着；臉色青白，而且瘦。平和女神更沒有元氣，一點事便哭。）

青年　這一位平和女神，是先前曾見過的。

男一　不錯。就是曾經用了手槍嚇過你的人。前一場是我的著作，這場都聽憑女人們了。怎樣做法，連我也不知道；但梗概自然是接洽過的。

青年　原來。

侍女　便是像你這樣的喪了氣，也是無益的呵。

平和女神　但你看，人們已經不要我了。侮辱我。我只等着死了。

侍女　都仰慕你的，只是時候不肯罷了。

平和女神　誑呵。我很知道人們的心。人們說愛我，然而其實並不眞愛我。眞愛的美，人們是不知道的。

侍女三　沒有這事的。

平和女神　眞知道我的美的人，一億萬中怕難得一個罷。便是這一個，也仍然不知道我的眞的美和威嚴。將眞心獻給我的，一個也沒有。我們快要餓死了。我在先前，雖然也並未爲人所愛，但瘦到如此，却是這回第一遭哩。照這樣下去，我再不將人們放在心上；但我眼見人們受苦，却又覺得可憐了。說是自作自受，固然也是自作自受；但也如最愛我的人在十字架上所說一般「他們不曉得」的緣故呵。除卻饒恕他們，也沒有別的方法了。但豈不傻氣麼？

侍女四　這是人們傻哩。以爲使別人苦，這纔自己有所得；而且想教同類的人受了苦，自己獨獨作樂呢。

平和女神　這也從傻氣來的。以爲不如此，國便不富；國便要亡了。富人以爲沒有窮人便得不到自己的快樂。只要有能懶惰着而沈在酒和女人裏的，人們便以爲第一的幸福了。錢，錢，什麼都是錢呵；以爲凡是人們所要的東西，都可以用錢買得的。用錢買不到的眞心，美，愛，感謝，在人們是最無聊的東西了；

不能變錢的東西，是無聊的了。還說「這樣的東西，可以吃得麼?」哩。人們若單要吃，其實只要少許的錢便滿够了；可是既有了錢，還說倘沒有更多的錢，便吃不成，吃不成呢。所以我的兄弟食品神，因此生了氣；說要毀了人們的胃哩；說人們在這難處的世上，決沒有愛我的閒工夫的哩。這也許有這樣的人，然而也不盡然的。因爲都過着不健全的生活，還沒有知道我的眞美的時候，已都撲進刺戟更强的更烈的地方去了；用錢能買的東西裏去了。便是我，倘能將我的攻效，用錢另賣，大家就要較爲尊重罷；但我將自己的身子這麼輕賤，是不肯的。凡是用錢買不到的東西，人們便都看不起。眞傻呵，眞傻呵。我的好朋友空氣也說過。空氣在人們是最緊要的東西，然而全是白得，便以爲無論弄到怎麼髒，都無不可了。所以空氣也生氣。戰爭用了毒氣，空氣是非常之生氣。還有那人們的難聽的被殺的聲音；身體被那聲音搖動了，說是不舒服之至哩。因爲空氣是最喜歡乾淨的。

侍女五　眞的呵。

平和女神　人們眞是傻小子呵。既現出這麼一副臉，那便不再戰爭，豈不好麼?你看，死了的人們的臉，多少難看呵；我最嫌這副臉相的。我所喜歡的人，是溫和的臉相的。外貌雖然可怕，卻眞個在深的喜歡時的人們的臉，只有我知道。非現在那副嘴臉不可的境遇，人們便不再使人們遇着，不也好麼？

侍女六　眞傻呢。我眞氣憤的，氣憤的沒有法想；教人太難耐了。你的溫和的心，怎的人們竟會不懂的呵。

平和女神　人們略一見我，便覺得生在這世上，有些厭惡，覺得這可怕。而且慾神也討厭我；因爲那神專做些媚人的事；而且要到我這里，是很難的，因爲我的所在，太高了一點了，但假使到那低一點的所在，使他們一面爭鬧着，一面領略我的美罷；我的職務便沒有了。仰慕着我的人，將不幸給與別人，我是不喜歡的；但現在的人們，卻正在若不將不幸給與別人便生活不成的位置哩。話雖如此，再愛我一點，不也可以麼？然而竟輕蔑我，這可太過分了。所以碰到這樣的境遇的呵。那聲音眞難聽。將那難聽的聲音，給喜歡戰爭的人聽去纔好；並且將那嘴臉給看去纔好。碰到這般境遇是難堪的事，怎麼會不知道的呢？爲甚麼要送這樣的犧牲呢？我雖然很要說，惟其不愛我，所以碰到這境遇，是應該快意的事但人們碰到這般的境遇，我是不喜歡的呵，不喜歡的呵，不喜歡的呵。

侍女二　這樣哭，也是無法的呵。

平和女神　人們是傻的呵，傻的呵。使同胞碰在這樣的境遇上，全是傻氣所致的呵。已經這樣了，還喊着戰爭戰爭呢；忘卻了自己正碰在這樣的境遇上，卻喊着戰爭戰爭呢。這些人們，卻也並非這麼壞；都能夠大家要好；能夠更爲幸福的。雖說是自作自受，可也教人煩厭呵。我煩厭了，煩厭了；不願意再想人們的事了。請隨意做去罷；全都戰死就是了。但聽到那聲音又難受。可能有什麼方法呢？到這樣，人們怎的還不愛我呢？將眞心獻給我的人，難道已經沒有了麼？我委實悽慘了；因爲對於不愛我的人，我卻不能不愛哩。我願意人們趕早的趕早的明白些子，拋掉了在別人的不幸上插接自己的幸福這種獃念頭纔好；因爲這念頭，以爲一定得到幸福，便輕輕的將自己弄成不幸，生出禍殃，將全心都用在下等的快樂裏，卻反得意着了。照這情形下去，人們眞不知如何得了哩。我眞眞着急，以爲趕快的生出好人來纔好呢。然而無論生了何等樣人，也恐怕都一樣罷，或者也就有人得救罷。照現在這樣是，照現在這樣是太不成事了。

侍女七 （就是女三指着青年，）在那邊的那一位，正含着眼淚向你這面看呢。

平和女神 那人將我們的心緒傳布出去，我是高興的。但便是如此，也未必有什麼用罷。那邊站着戰神，正在得意哩；「還要戰。還要戰，戰的不够！」的正吼着哩。這小子得意到什麼時候纔了呵。那些被殺的人們的臉，我眞不願看，不願開了。眞是怎麼辦，人們纔肯聽我的話呢？現在爲止的犧牲者，眞是獨獨吃虧了。我是希望人類的幸福的。然而人們還輕蔑着我哩。

侍女六 所以碰着這難堪的境遇的了。好一件快心的事呵。

平和女神 不要詛咒人們。我因爲要爲人所愛，所以在這哩的人呵，從心底裏愛我罷。我是愛你的呵。（黑幕垂下。）

男一 這就告辭了。

乞丐 我也走了。

青年 走麼？諸事感謝的很。

（男一和乞丐退場。）

不識者 這回放你回地上去罷。以後大家想罷！

（不識者抓住青年，從窗口擲出。幕。）

—一九一六，一〇，一五—二八—

後記

我看這劇本，是由於新青年上的介紹。我譯這劇本的開手，是在一九一九年八月二日這一天，從此逐日登在北京國民公報上。到十月二十五日，國民公報忽被禁止出版了，我也便歇手不譯，這正在第三幕第二場兩個軍使談話的中途。

同年十一月間，因爲新青年記者的希望，我又將舊譯校訂一過，幷譯完第四幕，按月登在新青年上。從七卷二號起，一共分四期。但那第四號是人口問題號，多被不知誰何沒收了，所以大約也有許多人沒有見。

周作人先生和武者小路先生通信的時候，曾經提到這已經譯出的事，幷問他對於住在中國的人類有什麼意見，可以說說。作者因此寫了一篇，寄到北京，而我適值到別處去了，便由周先生譯出，就是本書開頭的一篇與支那未知的友人。原譯者的按語中說：「一個青年的夢的書名，武者小路先生曾說想改作A與戰爭，他這篇文章裏也就用這個新名字，但因爲我們譯的還是舊稱，所以我於譯文中也一律仍寫作一個青年的夢。

現在，是在合成單本第三次印行的時候之前了。我便又乘這機會，據作者先前寄來的勘誤表再加修正，又校改了若干的誤字，而且再記出舊事來，給大家知道這本書兩年以來在中國怎樣棖棖節節的，好容易纔成爲一册書的小歷史。

一九二一年十二月十九日，魯迅記於北京。

俄國戲曲集

中華民國十一年七月初版

一個青年的

（每册定價大洋

（外埠酌加運費

著者 日本武者小路實篤

譯者 魯迅

發行者 商務印書館

印刷所 商務印書館 上海北河南路北首寶山路

總發行所 商務印書館 上海棋盤街中市

分售處 商務印書分館 北京 天津 保定 奉天 吉林 龍江 濟南 太原 開封 鄭州 西安 南京 杭州 蘭谿 安慶 蕪湖 南昌 漢口 長沙 常德 衡州 成都 重慶 瀘縣 福州 廣州 潮州 香港 梧州 雲南 貴陽 張家口 新嘉坡